时习文库

左传选

瞿蜕园 译注

齐鲁书社
·济南·

图书在版编目（CIP）数据

左传选 / 瞿蜕园译注. — 济南：齐鲁书社，2025.
5. — ISBN 978-7-5333-5145-8

Ⅰ. K225.04

中国国家版本馆CIP数据核字第20251VX347号

出 品 人：王　路
项目统筹：张　丽
责任编辑：张　涵
装帧设计：亓旭欣

左传选
ZUOZHUAN XUAN

瞿蜕园　译注

主管单位	山东出版传媒股份有限公司
出版发行	齐鲁书社
社　　址	济南市市中区舜耕路517号
邮　　编	250003
网　　址	www.qlss.cn
电子邮箱	qilupress@126.com
营销中心	（0531）82098521　82098519　82098517
印　　刷	山东临沂新华印刷物流集团有限责任公司
开　　本	710mm×1000mm　1/16
印　　张	12.5
插　　页	2
字　　数	147千
版　　次	2025年5月第1版
印　　次	2025年5月第1次印刷
标准书号	ISBN 978-7-5333-5145-8
定　　价	49.00元

《时习文库》专家委员会

主　　任：杜泽逊

成　　员：（以姓氏笔画为序）

　　　　　王承略　韦　力　方笑一　杨朝明

　　　　　张志清　罗剑波　周绚隆　徐　俊

　　　　　程章灿　廖可斌

《时习文库》
出版委员会

主　　任：王　路
副 主 任：赵发国　吴拥军　张　丽　刘玉林
成　　员：（以姓氏笔画为序）
　　　　　于　航　王江源　亓旭欣　孔　帅
　　　　　史全超　刘　强　刘海军　许允龙
　　　　　孙本民　李　珂　李军宏　张　涵
　　　　　张敏敏　周　磊　赵自环　曹新月
　　　　　裴继祥　谭玉贵

出版说明

文化乃国本所系，国运所依；文化兴盛则国家昌盛，民族强大。在源远流长的中华文化长河中，经典古籍宛如熠熠星辰，承载着先辈们的智慧、思想与情感，是中华民族精神内核的深厚积淀。

2017年以来，中共中央办公厅、国务院办公厅相继出台《关于实施中华优秀传统文化传承发展工程的意见》及《关于推进新时代古籍工作的意见》等重要文件，有力推动了大众对中华优秀传统文化的关注与重视，古籍事业亦借此良好契机，迎来了前所未有的跨越发展，步入了一个崭新的黄金时代。齐鲁书社作为文化传承的重要阵地，始终秉持对中华优秀传统文化的敬畏之心，肩负守正创新之使命，积建社四十余年之精华，汇国内学界群贤之伟力，隆重推出中华经典名著普及丛书——《时习文库》。

"学而时习之，不亦说乎？"文库之名，正是源自《论语》的这句经典语录。"时习"不仅是对知识的反复学习与实践，更是一种对中华优秀传统文化持续探索、深入理解的态度。文库共分为文化类和文学类两大辑，囊括了经史子集、诗词歌赋、戏曲小说等诸多经典，旨在为读者搭建一座通往中国古代文化瑰宝的坚实桥梁。文库的编纂宗旨在于，引导读者在阅读经典著作的过程中，将学习与思考深度融合，不断从古人的智慧海洋中汲取营养，从而得到心灵的润泽与智慧的启迪。通过对经史子集、诗词歌赋、戏曲小说等多元内容的系统整理与精良审校，让中华古籍真正成为可亲、可读、可传的"活的文化"。

为了确保文库的品质，我们除升级广受好评的原有经典版本作为开发基础外，亦精选其他优质底本，以确保版本选择的卓越性；文库会聚文史学界权威，如高亨、陆侃如、王仲荦、来新夏等学界大家，群贤毕至，各方咸集；文库延聘名家成立专家委员会，严格把控丛书质量，确保学术水准；文库针对不同层次读者，精心设计文化类与文学类品种：前者左原文右译文下注释，后者文中加简注评析，实用性强；文库采用纸面布脊精装，正文小四号字，双色印刷，装帧精美，版面舒朗，典雅大方，方便易读。

在习近平文化思想指导下，《时习文库》的出版是对中华优秀传统文化"两创""两个结合"的一次重要尝试。我们希望通过这套文库，让更多的人了解和喜爱中国古代典籍，让中华优秀传统文化在新时代焕发出新的生机与活力。同时，我们也期待广大读者在阅读文库的过程中，能够与古圣先贤进行跨越时空的对话，汲取智慧，启迪心灵，不断提升自我的文化素养和精神境界。让我们一起在经典的海洋中遨游，感受中华文化的博大精深，共同书写中华优秀传统文化传承与发展的新篇章。

齐鲁书社
2025年3月

前　言

一、《左传》的来历

依照传统的说法，孔子在周游列国之后，重返鲁国，知道自己的理想不能实现，于是根据鲁国的历史资料，以鲁国为本位，将当时列国的大事罗列下来，整理成一部完整的编年史，并将他的政治见解寄托在字里行间。一字之间寓有褒贬，这就是所谓的"春秋笔法"。然而文字如此简单，寓意如何让人领会？所以又不得不口头传授给少数的弟子，再让他们一辈一辈传下去。《春秋经》只有一部，可是现存的《春秋传》却有三部（《左传》《公羊传》《穀梁传》），就是这个道理。

《公羊》《穀梁》两传都自称为传孔子"微言大义"的。那就是说，孔子所不能形于笔墨的政治主张，便由它们记录下来，阐明出来。它们都只注重于这一点。至于《春秋》所记的史事，需要补充说明的，两传只占极少部分。《左传》却正是相反。凡是春秋时代重要的史事，在"经"上只有一句简单的话，它却原原本本，曲曲折折，铺叙出来。可以说，现存的古书中当得起一部真正历史著作的，要推《左传》为最早最完备。至于经文的原意，《左传》也不是不注重的。据晋人杜预所说，经文根据各国的国史，有一定的书法，这是正例；经文有新义，《左传》举出事实加以说明，这是变例；并无意义，只是记事，这叫作归趣。那么《左传》之传经，是与他家传经的方法不同的。

由于《左传》的记事丰富，《左传》的作者似乎与孔子的时代更相近，与孔子的关系更深。究竟《左传》的作者是谁呢？相传是左丘明。究竟左丘明又是谁呢？这就其说不一了。关于《左传》成书的原委，以司马迁的《史记·十二诸侯年表序》说得最清楚。他说：

> 七十子之徒口受其传指，为有所刺讥褒讳挹损之文辞不可以书见也。鲁君子左丘明惧弟子人人异端，各安其意，失其真，故因孔子史记具论其语，成《左氏春秋》。

可是在西汉初年，官方所承认的只是公羊、穀梁二家，特别是公羊。因为那个时代的经学，在理论上是从孔门弟子一系传下来的。他们各守师传，不是自己的师传就不承认。一直到西汉末年，刘歆才极力表彰《左传》，说《左传》是直接继承孔子的，而公、穀在七十子后，是间接的。因为《左传》是秦火之后出的，用古文写出；而公、穀是先出的，是用当时文字写的。所以又有古文经学与今文经学之称。今文经学在西汉是极盛的，后来渐趋没落。到了清末，有些人重新提倡起来，于是连《左传》的真伪也成了问题。主张今文经学的人就认为《左传》为刘歆伪撰经书之一。

这些问题是学术上难于解决的公案。一直到现在，《左传》的作者是谁，大约在什么时代，究竟可信的程度如何，还有许多人提出新的见解。不过我们现在不必在这些问题上深入探讨。重要的还是要把《左传》看作古代史中最有价值的文献之一。

公元前六七世纪，我国的文化已经非常进步，列国都有正式历史之保存。鲁国是周公后裔，文化尤为完备。孔子生于鲁国，他根据平生主张，要将贵族阶级专有的文化公之于众，于是取鲁国的国史，名为《春秋》，整理起来，传之于后。因为他看见当时鲁国狩猎得来一只异兽，名为"麟"，感觉到"麟"是太平时代的产物，时代既不太平，"麟"又从何而来？于是修《春秋》便修到"获麟"这件事为止。孔子修《春秋》，所记并不是虚无的事，春秋时期的史事也不是可以虚构出来的。若说《左传》所记的史事是远在春秋以后的人所辑录的而托名于左丘明（左丘明与孔子同时，见于《论语》），固然不是不可能，但必须承认《左传》所记的确是春秋时代的事实。汉晋以来，《左传》已经成为人人必读之书。我们现在所知道的这一时期的历史，不能不以《左传》为根据。不仅这一段历史，就是春秋以前的历史，也有许多地方不能不以《左传》中的资料为根据。这都是很明显的。

二、《左传》的内容

春秋时期列国内政外交，盛衰兴废，头绪如此繁杂，若说都包罗在《左传》作者一人的胸中，似乎不可能。那么，他一定是搜集了许多资料然后编次而成的。推想起来，当时的国史或者尚有若干存留的，重要的文件或者有为人所传诵的，有趣味的故事或者有成为传说的。《左传》的最大功绩就是将这些散漫的资料，按时代先后，编成完整的书。

若将《左传》的内容详加分析，就可以看出，并不限于列国兴废存亡、会盟征伐等重大情节，此书实在可以说集古史之大成，留给后人以无尽的宝藏。约略说来，有下列几点。

第一是人物生平的叙述。《左传》不是为个人作传记的。它将每一个重要人物都附带在叙事之中，活泼泼地将他的性格描述出来。尤其是子产、叔向这类人，言论风采，娓娓道来，借他们的言论表现了他们的政治抱负。此外凡是具有个性的人，他都不放过，例如卫献公的神气骄傲、鲁昭公的好讲面子，都使人如闻其声，如见其貌。《左传》所记的人物，未必能纤悉无遗，但与其他古书所记对照起来，却少有重复之处。这是记载方面丰富的地方。

第二是辞令的记叙。《国语》与《左传》本来是相辅而行的书，然而《国语》只记一方面的语言，而《左传》则兼有问答的辞令。无论私人的谈话，公开的交涉，乃至整篇的文献，如《吕相绝秦书》（成十三年），《郑子家告赵宣子》（文十七年），《瑕吕饴甥告晋人》（僖十五年），《子产对晋人征朝》（襄二十二年）之类都详细记载。在这里，一方面可以看见美妙生动的口语文章，一方面可以看见对内对外文告的惯例。从保存史料的功绩来讲，也是很伟大的。

第三是礼俗制度。这是《左传》最注重的一部分。例如楚逢伯述武王受降的礼节（僖六年），晋韩厥、郤至称敌国君臣军中相见的礼节（成二年、成十六年），这都是其他古书中所不能发现的资料。至于朝聘会盟之中，升降揖让、献酬授受，以及坛场乐舞、服章玉帛等，都可以作为研究古代历史的佐证。

此外，我们知道春秋时代正是奴隶社会嬗化为封建社会的一个重要时期，在《左传》中可以获得几种宝贵资料。

其一，古代残余的地方种族杂处于列国之间，特别是戎子驹支对范宣子的对话中表明了戎与诸国之间关系的密切。不但周、晋间有戎，鲁、郑等国内也都有戎。种族的交错是当时的普遍现象。大概文化上是互相影响的，政治上是始而并存，继而渐趋没落的。这些种族，其实也有着悠久的历史，不过不甚分明可考而已，幸亏《左传》还透露一点出来，例如子鱼所称"分鲁公以……殷民六族""分康叔以……殷民七族""分唐叔以……怀姓九宗"（定四年）。怀姓很可能就是后来的隗姓。

其二，周初的分封制度，在《左传》中也屡次从列国人征引文献的时候说明其大略，所谓"封建亲戚以蕃屏周"（僖二十四年），"并建母弟以蕃屏周"（昭二十六年），"选建明德以蕃屏周"（定四年）。这几乎成了一种套话。因为《左传》中记载特别详细的大部分是周初分封而来的国家，而周初分封的这件事又是古代部族制度的一个演进，所以这些记载都具有重要的史料价值。

其三，世卿制度在春秋时代是一切政治制度的基础，列国的执政几乎都是世卿，只有极少数例外。他们的采邑、家臣、私属兵力，随处都有记载，他们的赋税、学术也都能从一鳞半爪中窥见大概。不在这方面有明确的认识，就不能了解为什么孔子这样痛恨世卿，为什么周初的大国后来日趋没落，为什么强宗大族因兼并而日少，为什么孔子以后人才辈出，布衣卿相的局面如何渐渐形成等问题。这种特殊制度又是历史上一个极重要的课题。

其四，古代历史传说，从春秋时代的人物口中吐露出来的，虽然不一定就是信史，但总有一定的依据。在当时的制度下，只有世官才能根据他们所知谈历史，旁人是没有资格的。而这种人有的由于职务的关系，有的由于地域的关系，因事立言，可以给我们不少的启发，例如郯子论古代官名（昭十七年），魏绛论后羿代夏的故事（襄四年），这些历史传说既可以与其他古书相印证，也可以补其他古书所未详。

其五，古代及当时通行的诗乐，由于春秋时代的社交习惯，常要征引、歌唱，所以我们可以与今日所传或今日所不传的诗乐参互研究。郑七子赋诗（襄二十七年）、郑六卿为韩宣子赋诗（昭十六年）两段记载表明了当时交际宴会中赋诗见意的重要性。《诗经》各篇的作者来历，有些也明载在《左传》之中。

其六，关于《左传》中天文历法的推测，杜预已经注意到这一点，因而撰成《春秋长历》一书。根据日食、月食、星见、置闰等记载，可以鉴别古史的真伪，将来在这方面的新发现，一定更有可观。

其七，卜筮在春秋时代是非常受重视的，这当中保存着不少的古史资料。对于《周易》的研究，甚至更早的"连山""归藏"的研究有重大的意义。

以上七点，不过举其最彰明显著者而言。按传统习惯来说，《易》《诗》《书》《礼》《春秋》，谓之五经。也可以说这五种是原始的经，在这五种之中，《易》《诗》《书》《礼》都是孔子以前已经有的，或者是由孔子编次整理的。《春秋》虽然大部分是鲁史旧文，但它是孔子自己拿出主意来编撰而成的一部书。可以说《春秋》是五经中最重要的一部，而《左传》又等于一部放大了的《春秋》。再看上面所举的《左传》几点重要内容，更可以想到《左传》又可以包括《易》《诗》《书》《礼》四部分。所以《左传》内容之丰富，汉以前的古书没有一部可以相比。

三、春秋时代的一般情势

春秋时期是鲁国十二公在位的年代。这十二公便是隐公、桓公、庄公、闵公、僖公、文公、宣公、成公、襄公、昭公、定公、哀公。按公羊家的说法，最后三公是孔子亲身所经历的时代，叫作"所见世"。文、宣、成、襄是孔子父辈的时代，叫作"所闻世"。

隐、桓、庄、闵、僖是孔子祖辈的时代，叫作"所传闻世"。便于记忆起见，这个说法是恰当的，我们不妨就用这三个名词代表三个阶段。

春秋列国的事迹既然如此繁复，我们不能不紧握一条线索，那就是这十二公所处的年代了。现在列表如下：

隐公元年①	（公元前七二二年）	终十一年
桓公元年	（公元前七一一年）	终十八年
庄公元年	（公元前六九三年）	终三十二年
闵公元年	（公元前六六一年）	终二年
僖公元年	（公元前六五九年）	终三十三年
文公元年	（公元前六二六年）	终十八年
宣公元年	（公元前六〇八年）	终十八年
成公元年	（公元前五九〇年）	终十八年
襄公元年	（公元前五七二年）	终三十一年
昭公元年	（公元前五四一年）	终三十二年
定公元年	（公元前五〇九年）	终十五年
哀公元年	（公元前四九四年）	终十四年②

这样说来，《春秋》时代是从公元前七二二年到公元前四八一年，共计二百四十二年。

《春秋》绝笔于"获麟"，理由已见上述。那么，为什么托始于隐公呢？因为隐公的时代正当周平王东迁之后，正是周王朝没落

---

① 隐公是鲁国的第十四君。
② 《春秋经》止于哀公十四年，因为这是"获麟"的那一年。但后人将《春秋经》续到哀公十六年孔子死为止。《左传》更继续下去，到哀公二十七年出奔失国为止。

的开始，也是周初分封的列国逐渐蜕化的初期。自此以后，一般情势便发生了巨大的变化，旧制度渐为新制度所取代。

我们用公羊家的名称，按上述三世分三段来说明情况，或者再简明一点，将它分为初期、中期、末期。

第一是初期，是隐公到僖公五世。因为闵公在位只有二年，而且闵公和僖公是弟兄辈，所以其实是四世。在这一段落中，我们所看到的是列国间的争地以及列国内部公族的争权。这样一来，比较弱小的国家，比较衰微的公室就都被推倒。谁若得权，谁就把自己的权力巩固起来。要巩固自己的权力，就要扩张领土，增加兵力。第二步才是向王朝取得合法的承认。其实王朝就是不承认，列国也不能不公认。有这种企图的不止一国，鲁国也是其中之一。它们由强横的公族篡夺政权，也惯于操纵压迫邻近的小国。不过事实上达到"取威定霸"的目标的，只有齐和晋。所谓五霸中的齐桓、晋文、宋襄、秦穆四公都先后在这个阶段中出现，只有楚庄王略晚。五霸之兴就意味着王朝之衰。司马迁所谓"兴师不请天子。然挟王室之义，以讨伐为会盟主，政由五伯，诸侯恣行，淫侈不轨，贼臣篡子滋起矣"（《史记·十二诸侯年表序》）。这一套话是古人常说的。正说明这一阶段与下一阶段间的情势。

第二是中期，是文公到襄公的时代。这一个阶段是春秋最热闹的时期，政治制度渐渐确定，文化渐渐发达，人才渐渐兴盛。这是旧的退化而新的代兴的时期。试将这几点综合起来加以说明。

与此时期，列国都明确地采取了世卿执政的制度。可能是几家世卿共同执政，而实际上其中一家更居于突出地位，鲁国所采取的是这一种。名义上是季孙、孟孙、叔孙三家，而掌握大权的是季氏，其余只是陪衬，分点好处而已。可能是六卿在平时分掌国政，在战时分统六军，而互推其中一个当国，晋国所采取的就是这一种。可能不涉及军权，只是六卿分掌国政，而以一人负全责，郑国、宋国的情形大概就是这样。另外又有一种，两个世卿把持政权，互为消长，这就是卫国的孙、宁二氏。也可能名义上是维持两个世族的领袖，而实际上另有一人主持政治，这就是齐国的高、国二氏。只有楚国比较偏重人才，他们只有一个首相，而君权还相当巩固。秦国情形或者也差不多，不过《左传》没有详细记载。

世卿制度到了孔子所处的时代，遭受了强烈的反对。追溯其成立的缘由，也不是无因而至的。当时列国之间竞争激烈，必须起用世族中一些强有力的人才出来担任实际工作，只有这样权力才能集中，号令才能统一。所以比起多头政治的彼此相争永无宁息，世卿制度还是较为符合当时客观要求的。但是，正因为权力的不断下移，公族间的争夺也就更加激烈了。到了中期，这班公子们又退了下来，让给大夫了。晋国的历史就是一个鲜明的例证。晋献公削平了内乱，向外扩张，后来不幸重蹈覆辙，公子们又成了内乱的根源。于是有"诅无畜群公子"的话，就是说恨极了这班公子捣乱，所以大家相约，从此不要维持他们。此后晋国日趋强盛。到了中期，首先由赵氏执政，继而演进成为六卿执政的局面，晋国始终在列国中居于第一的位置。到了战国，这班大夫又升格做了国君，还在那里自夸说："晋国天下莫强焉。"（《孟子·梁惠王上》）

可以说，世卿制度在当时人看来反而是比较进步的，事实上执政的人往往是一族中最优秀的，他必须能服众，方才受人推戴，这并非专靠他的嫡长地位可以取得的。赵衰、赵盾相继执晋国政权，都是凭借这一点。所以推戴赵盾的一句话是"使能，国之利也"，意思就是要选用人才方能有利于国。

与此同时，鲁国的执政是季孙行父，他是季氏的中心人物。季氏之所以成为强宗大族，削弱鲁公室的权力，就是由他形成的。再看宋国，执政的是华元，他也是出色的人物，在列国的交涉上能起很大的作用。我们要知道，像鲁宋两国，在当时，绝不能靠武力与那些大国角逐，但是也不能过于示弱，受人欺侮。他们当时最明智的做法就是，在国际事务上保持发言权；在邻国的交接上维持良好的关系；在国内休养生息，不轻易损耗实力。这样才能达到保国卫民的目的。试以春秋初期鲁宋二国的情势比较中期，就知道初期的危险几乎可以亡国。闵公元年，齐桓公已经有"鲁可取乎"的话，可见他已经想要吞并鲁国，事实上齐要灭鲁也未必不可能。桓公二年，《左传》记"宋殇公立，十年十一战，民不堪命"，宋国的不安也可以想见。然而到了中期，两国却渐趋安定，强国也不敢过于轻视了。

襄公在位时间最长，这个时期，大家都有点厌倦武力竞争，而希望以外交的方式谋国际局面之缓和。首先晋魏绛发表了和戎的主张，继之宋向戌提倡弭兵，利用宋国的中立，调和晋楚的多年争执。又加以郑国的子产善于外交，解除了不少小国的痛苦。可是安定不久，几个大国如晋如楚，小国如郑如卫，都渐次发生内乱。旧的问题刚结束，新的问题又起来了。

春秋中期列国之间最大的问题便是晋楚之争。晋国居于现在的山西南部，楚国居于河南南部及湖北北部。楚国的野心是要向北发展，于是陈、蔡、许等国首当其冲，晋国要防止楚国的北侵，至少要把郑国收为保护国，做它的外国，而这是楚国绝不容许的。从城濮之战开始（这是初期的事），两国互有胜败，势力互为消长，总不肯罢休，其间受牵涉最深的是郑国。郑国运用当时列国间的矛盾，在外交上争取有利地位，这才度过国家的危机。

初期中的列国，有些在此时已经退居次要地位，如齐国已经失去其领导资格，秦国也改变了方针，不再向东发展，假使它也向东发展的话，郑国又是首当其冲。秦国的活动范围不在中原列国之内，而是在西北伸张势力，《左传》上只用"遂霸西戎"四个字便结清这一笔账。一直待二百年之后，它才重新出现于历史舞台，这是后话。至于燕国，在战国时虽然抬起头来，然而在整个春秋时期，不甚参与列国的事。

在这里我们看出当时文化交流的倾向，大概南方的种族都想向北发展，而北方的种族在战国以前却看不出南移的趋势。虽然春秋时代楚国始终没有真正掌握中原的霸权，然而楚国人自己说："抚有蛮夷，奄征南海，以属诸夏。"（襄十三年）表现出包举南方以与中原文化连成一片的企图。而中原人也常有对楚国文化表示赞美的话，这就是春秋末期南方新兴之吴越二国更迭起来向北发展的一个先兆。

我们看《左传》记载初期与中期的文字，也觉得有点不同。在初期多偏于议论而少有考据学术的话，中期以后的记载，在言语之间则喜欢长篇大论、征引古史。例如季孙行父说八元八恺，楚庄王说武有七德，申丰说冰雹，周景王说唐叔受封的分器，蔡墨说豢龙，特别是子产说神话，季札说乐，似乎王公卿大夫之中都有些留心学问、知识渊博的人。从这一点可以看出文化的逐渐提高与普及。

孔子是襄公二十二年出生的（据《史记》），当他还是青年时，齐国有晏婴，晋国有叔向、师旷，郑国有子产、子太叔，卫国有蘧伯玉、王孙贾，他们都是当时负有才望的卿大夫，营造了一种渴求知识的新风气，孔子本身也受到了这种影响。他一生的造诣和抱负也就在这里奠定了基础。

以下便进入了春秋的末期，孔子本身的时代。

此时鲁国所发生的变化，就是公室和季氏的政争爆发。此时政权落在季氏手中已近百年。昭公忍无可忍，与季氏决裂。最终因为实力不足，弃国走齐。然而从此以后，季氏之权又落在家臣手里，于是大夫与大夫之间，大夫与家臣之间又常常发生争夺，而公室仅有虚名。此种风气蔓延开来，就酿成后来田氏夺齐国，韩、赵、魏三家分晋国的祸患。过去的公族之患、世卿之患，又都渐归消灭，只有少数的强大家族建立起新国。这些新国和原来的两三个大国又并存于一个时期，就成了战国的局面。至于那些周初所分封的小国，则渐渐衰落了。

楚国的势力向北发展未能完全达到目的，此时又转而向东。因此与吴国发生利害冲突，晋国于是利用机会，联吴以制楚，自成公七年以来，晋、吴、楚三国之间的关系一直如此。到了春秋末期，吴国的势力达到顶峰，齐、鲁都受了它的影响。但是新兴的越又起而代之。这两个新登舞台的国家，强盛得很快，衰亡得也很快，只在春秋末期昙花一现而已③。

有一点我们不可不注意。春秋末期是列国内忧外患最严重的时期，然而孔子仍能周游列国，与门人讲学。虽然曾经"厄于陈、蔡"，但大体上生活还是过得安定的。晚年返国，孔子被尊为"国老"（哀十一年），可见当时社会寻求知识的气氛相当浓厚。而且孔子到卫国的时候，正值卫国多难，而孔子还赞美卫国的富庶，可见当时已经有人口集中于都市的倾向。再加上《左传》记郑国商人三次之多，可见商品经济渐见重要，交易往来日趋发达。这些，都是春秋时代所酝酿的社会变迁。《左传》对于人民生活方面的直接记载虽然很少，但春秋时代人民受压迫的情形仍然可以从字里行间看出。当时各国除工役及军事要靠人民义务承担，还有历次的增加

---

③ 越灭吴在哀公二十二年，虽已在春秋二百四十二年之外，但《左传》仍记此事。

赋税，而齐、晋、楚等国也因之屡次有"施救济、免积欠"的举动。这就无怪《论语》上有"季康子患盗"的话。农民暴动的不断爆发，是可以想见的。

四、《左传》在史学、文学上的地位及其他

我国的重要史书基本上有三种体裁。一是纪传体，是司马迁所创始的，为后世正史所采用。二是编年体，最早的是《春秋经》，最典型的是《资治通鉴》。三是纪事本末体。第一种是以人为纲领的，第二种是以年代为纲领的，第三种是以事为纲领的。三种各有所长，也各有所短。因为以人为纲领的看不出同时期与其他事件的关系；以年代为纲领的只能记这一年的事，和写账一般，不能使人看到这一件事的首尾；以事为纲领的又不能看到同时代的一般情势。然而自汉以来许多史书都是按这三种形式编写的。

唯有《左传》不能以这三种形式来衡量。虽然《左传》是按年代编次的，但是当初编写的时候，并不是预备与《春秋经》完全配合的。《春秋经》是一部非常简单的编年史，《左传》是约略与《春秋经》时代相同的一部比较详明的史书。现在以《左传》分配于《春秋经》每年之后，这种方式是杜预定的。

《左传》不是按年记流水账的，它对于每一件重要史事的发生经过，都要把前因后果表明出来，甚至细微地方也不遗漏；它也不是专注重记事而忽略人物个性的，每一个人物它都写得栩栩如生。

《左传》以后，最好的史书当然要推司马迁的《史记》。《史记》虽然独有其体裁，独有其面目，也独有其思想，至于整理旧闻，原原本本，其用意与《左传》是相同的。事实上《史记》中取材于《左传》的也不少，如《十二诸侯年表》之类，对于《左

传》更有辅佐之功。此外班固的《汉书》，虽然是断代史，而其《古今人表》一篇，也是从《左传》取材的。所以《左传》不独自成一种史法，而且也开辟后来史学的无数门径。

古人推论《左传》的史法最为明白恰当的，无过于唐代的刘知幾，他在《史通》中把古代史书分为六体，《尚书》《春秋》《左传》各占一体。但他又说："古者言为《尚书》，事为《春秋》……逮左氏为书，不遵古法，言之与事，同在传中。"也就是说，《尚书》《春秋》是两种不同的体裁，《尚书》记录古代的文献，《春秋》则记录逐年发生的事件，而《左传》把两种任务并于一身，却能繁简适中，使读者读而忘倦。他这些话是非常中肯的。

《礼记》上有一句话："属词比事，《春秋》教也。"《左传》对于属词比事这一点是非常注重的。属词是指文词的结构，比事是指事件的贯连。后来的史家文家从这里面得到无穷的启发，因而开辟了无穷的境界。六朝时范宁就说左氏"艳而富"，唐代韩愈说左氏"浮夸"，都是形容《左传》文笔的多方面变化，不但是汉以前的古书无可相比，汉以后的文学家竟可以说没有一个不学《左传》的。自古文章之美，难于兼擅，长于说理的未必长于叙事，长于叙大事的未必长于叙小事，《左传》却是应有尽有。总而言之，从一部《左传》里面学文章的技巧，是学不完的。

最后我们要谈一谈"《左传》学"。

杜预号为"左氏功臣"，他所著《左传集解》一直到现在还被公认为标准的注本。他出生于西晋一个世家，是司马懿的女婿，立过军功，做过统帅，在生时就有"武库"的绰号，他自己说有"《左传》癖"。他对于《左传》的见解详见于他的自序中，大意如下：

列国都有国史，各国的国史都有一个名称。《春秋》就是鲁国国史的名称。但自周室衰微，国史不免失职，所记载的不尽合于旧章。孔子根据周公遗制，将鲁史所记重新考订一番，有措辞失当的地方就随笔改正，使后人知道真正的是非善恶。左丘明是亲承孔子传授的人，《左传》这部书对于《春秋》有发明推论、分析条理的用处，因为他本人也是一个史官，看过不少的书，所以能将《春秋》简略的地方加以补充，使读者能在头绪纷繁的史事中求得一条线索。

除了所谓正例、变例、归趣三体之外，杜预又提出五情之说。一曰微而显，就是说不需要多的文字，就能使人知其意。二曰志而晦，就是说以简单的文章表明事情的曲折。三曰婉而成章，就是说不必直言而文义已经明白。四曰尽而不污，就是说直书不讳。五曰惩恶而劝善，就是说存是非公道。这三体五情都是杜氏发明《左传》所以传《春秋》的宗旨。《春秋》有这些用意非《左传》不能阐明。

平心而论，杜注疏阙的地方也很多，隋代的刘炫就有《规过》一部书。唐代孔颖达作《春秋左传正义》，又极力为杜氏辩护。现在孔氏的《正义》是连《春秋经》带《左传》，并杜注一起的，是正统的最详细的经传合解。

唐代除正统的杜注以外，又有啖助、陆淳、赵匡等的新学说，他们主张用自己的见解，兼采三家来解经。就是韩愈诗里所谓"《春秋》三传束高阁，独抱遗经究终始"。这种方法打破了汉以来尊重师传的风气。到了宋代，采用这种方法的更多。除注解以外，还有人下改造《左传》的功夫，将《左传》拆散开来，分门别类以便读者。甚至还有人评论《左传》中的人物事件，这也成为研究《左传》的一种方式。不过具有学术价值的著作实在不多见。

清代学术是超越宋、明的，尤其是经学。但是对于《左传》的注意比较薄弱,著名的只有顾栋高的《春秋大事表》,洪亮吉的《春秋左传诂》等数种。

过去关于《左传》的研究,大体上可以总括为下列几方面:(一)注解,如《杜氏集解》。(二)重编,如马骕的《左传事纬》。(三)分类做成表谱,如顾氏《春秋大事表》。(四)研究名物训诂,如洪氏《春秋左传诂》。(五)三传比较。(六)文章评点。(七)史事议论。后三种是无足轻重的。

至于近代的《左传》研究,似乎又有了新方向、新途径,不久必有新的具体贡献,这是值得期待的。

五、编选本书的意图

像《左传》这样一部繁重的著作,即使粗浅地阅读一遍,也是不容易的。假使不将那个时代的一般情势先取得一番了解,更会茫然无从下手。选译本书的宗旨是为了适应一般读者的需要,一方面尽可能保存它的本来面目,将其中线索脉络加以连贯,使其首尾比较分明,眉目比较清楚;另一方面尽可能减少文字上的困难,使读者能愉快地阅读古书。

在这里,所选取的是《左传》中几个中心课题,将与这些课题有关的重要文献汇集贯通起来。选择这些课题的目的,是要让读者掌握这一时期历史发展的大纲,同时也可以窥见《左传》的全貌。当然不能说在本书所选定的以外,都无可取。不过由于篇幅的关系,暂且举出十个专题,以避免太琐碎太繁重的弊病。

《左传》的文字,一向是受重视的,它对于我国的文学传统影响很深,因此,它比其他古书,似乎更容易理解些,不过也有些地方,前人还没有适当的解释。本书的翻译和注解都只取达意为止,不采取过于严格的考据的方式，以免增重读者不必要的负担。

即以地名一项而论，除重要地名已为人所确知的以外，若是较小的地方，或是还不能确指的地方，就从略了。又以字义字音而论，只将易于误会的读音及特殊含义在初见时举出，至于字典一查便得的，也不再一一加注。

总而言之，这是对于一部内容博大的古书加以选译的尝试，疏漏一定是有的，还希望读者的指示和纠正。

目录
CONTENTS

- 001 | **前 言**

- 001 | 一　颍考叔
- 008 | 二　齐桓公与管仲
- 014 | 三　晋献公与晋文公
- 042 | 四　秦晋争霸
- 051 | 五　邲之战
- 072 | 六　华元与向戌
- 081 | 七　鞌之战
- 092 | 八　鄢陵之战
- 107 | 九　郑国的内政外交
- 122 | 十　伍员与申包胥

- 150 | **附录　《春秋左氏传》答问**

- 173 | **编后记**

一　颍考叔

导读

春秋初期的几个诸侯国企图扩张势力，乘机侵夺。国内的公族大夫也是如此。本题之中，第一部分是郑庄公和他兄弟之争，第二部分是鲁郑联合向外发动的战争，中间贯以颍考叔一人为线索。

【原文】

初，郑①武公娶于申②，曰"武姜"。生庄公及共③叔段。庄公寤生，惊姜氏，故名曰"寤生"，遂恶之。爱共叔段，欲立之。亟请于武公，公弗许。及庄公即位，为之请制④。公曰："制，岩邑也，虢叔⑤死焉。佗邑唯命。"请京，使居之，谓之"京城大⑥叔"。

祭仲⑦曰："都，城

【译文】

当初郑武公娶的是申国之女，名为"武姜"，姜氏生下庄公和共叔段。据说庄公是在姜氏一觉醒来后生下来的①，姜氏受了一惊，给他起名"寤生"，因此一直不喜欢他而爱共叔段，想立共叔段做太子，曾经几次向武公请求，武公都没有答应。后来庄公做了国君，姜氏就替共叔段要求一块地方做他的封邑，这地方名为"制"。庄公说："制是一个形势险要的地方，从前虢叔就是死在那里的。要是别的地方，我一定答应。"于是姜氏又替共叔段指名要求京，庄公答应，叫他住过去了。所以人家都称他为"京城太叔"。

祭仲说："一个都邑的城墙宽大超过三百

过百雉⑧，国之害也。先王之制：大都不过参⑨国之一，中五之一，小九之一。今京不度，非制也，君将不堪。"公曰："姜氏欲之，焉辟⑩害？"对曰："姜氏何厌之有？不如早为之所，无使滋蔓。蔓，难图也，蔓草犹不可除，况君之宠弟乎？"公曰："多行不义必自毙，子姑待之。"

方丈，那是要危害国家的。先王所定的制度，大的都邑只可等于国都的三分之一，中等的五分之一，小的九分之一。现在的京城不合这种规定，这就违反了制度，你将会受害的！"庄公说："姜氏要这样做，叫我有什么办法能不受害呢？"祭仲说："姜氏哪有满意的时候？不如早点想办法，不要让它蔓延开来，蔓延开来就难办了。蔓草尚且无法清除，何况国君的宠弟？"庄公说："坏事做得多了，自然要败亡的，你等着看吧！"

①有人说"寤生"是难产，不是睡觉醒来生的，这一说似乎合理些。

注 释

❶郑国在今河南新郑附近。

❷申国在今河南南阳附近。

❸"共"读作"恭"。

❹制在今河南荥阳东北。

❺虢叔，姬姓，周文王的弟弟。与哥哥虢仲都是周文王的卿士，虢叔封于西虢，虢仲封于东虢。

❻古"太"字都写作"大"，凡与名词连贯的，如太庙、太子等，都是这样写法。

❼"祭"读作"蔡"。

❽长三丈高一丈为一雉。是古代建筑量法之一。

❾参，即三的意思。

❿凡逃避之"避"，古写作"辟"。

【原文】

既而大叔命西鄙、北鄙贰于己。公子吕曰："国不堪贰，君将若之何？欲与大叔，臣请事之；若弗与，则请除之，无生民心。"公曰："无庸，将自及。"大叔又收贰以为己邑，至于廪延。子封曰："可矣，厚将得众。"公曰："不义不昵，厚将崩。"大叔完聚，缮甲兵，具卒乘，将袭郑。夫人将启之。公闻其期，曰："可矣。"命子封帅①车二百乘以伐京。京叛大叔段，段入于鄢。公伐诸鄢。五月辛丑，大叔出奔共②。……

【译文】

后来太叔命令西北两边的城邑也要归他管。公子吕就向庄公说："一个国家要归两方面共管，是受不了的。你怎样办呢？若是让给太叔，那么我就去侍奉他，若不让，那么就请把他灭掉，不要使人生出别的心思。"庄公说："不必，他会自作自受的。"不久，太叔又把两方面共管的地方完全收归自己作为封邑，一直扩充到廪延。子封（公子吕）说："可以了，再要扩充起来，人心要全部归附他了。"庄公说："他既然不行正义，又不顾亲谊，扩充也只是加速崩溃。"太叔把城邑修好，把人民集合起来，造兵器，编军队，预备突击郑的国都。姜氏正要做内应，庄公连他们预定的日期都知道了，这才说："这回可以了。"就叫子封带兵车二百乘①伐京，京人不服从太叔段，他只好逃到鄢，庄公又追到鄢。五月辛丑这一天，太叔出奔共国。……

①依旧说，兵车一乘，附步兵七十二人。所以二百乘是将近一万五千人的兵力。

注 释

❶凡作动词用的"帅"字读作"率"。
❷共国在今河南新乡辉县。

【原文】

遂置姜氏于城颍，而誓之曰："不及黄泉，无相见也。"既而悔之。颍考叔为颍谷封人。闻之，有献于公。公赐之食，食舍肉。公问之。对曰："小人有母，皆尝小人之食矣，未尝君之羹，请以遗之。"公曰："尔有母遗，繄①我独无。"颍考叔曰："敢问何谓也？"公语之故，且告之悔。对曰："君何患焉？若阙地及泉，隧而相见，其谁曰不然？"公从之。公入而赋："大隧之中，其乐也融融。"姜出而赋："大隧之外，其乐也泄泄②。"遂为母子如初。

……隐公元年（公元前七二二年）

【译文】

从此庄公便将姜氏安置在城颍，并且对她发了一个誓，说："除非到了地下的黄泉，才能见面！"庄公后来也懊悔起来。恰好颍考叔做颍谷地方官，听见这件事，就献了点东西给庄公，庄公款待他吃饭。吃的时候，他把肉放在一边，庄公问他什么道理，他说："我的母亲，什么东西都吃过了，只没有吃过国君的御膳，我想带回去给她。"庄公说："你倒有母亲，可以送东西给她，独我没有，真可叹呀！"颍考叔说："这话怎么说？"庄公就把其中缘故讲给他听，并且告诉他现在懊悔得很。他说："那有什么难处？只要掘地见水，在隧道中相见，谁能说不对呢？"庄公听了他的话，进去的时候就唱着歌说："大隧之中，其乐也融融。"他的母亲姜氏出来，也唱着歌说："大隧之外，其乐也泄泄。"母子的感情就从此恢复了。……

说 明

共叔段之乱，是《春秋》一书第一年所记载的唯一一件与鲁国无关的事件，《左传》认为，"郑伯克段于鄢"中，共叔段超越了一个做弟弟的本分，所以称段而不是弟。而郑庄公则没有完成教导弟弟应尽的责任，并故意放任共叔段，以期其走上造反的道路，所以称之为郑伯而不是兄。而共叔段后来的行为如同另一个国君，所以郑庄公平定共叔段，要用打赢敌国采用的"克"字。可见郑庄公与共叔段都有过错。

注 释

❶ "繄"读作"伊",是一种发语词。
❷ "泄"在此处读作"异",也是形容欢乐的意思。

【原文】

夏,公会郑伯于郲,谋伐许①也。郑伯将伐许,五月甲辰,授兵于大宫。公孙阏②与颖考叔争车,颖考叔挟辀③以走,子都拔棘④以逐之。及大逵,弗及。子都怒。秋七月,公会齐侯郑伯伐许。庚辰,傅于许。颖考叔取郑伯之旗蝥弧以先登,子都自下射之,颠。瑕叔盈又以蝥弧登,周麾而呼曰:"君登矣。"郑师毕登。壬午,遂入许。许庄公奔卫。

齐侯以许让公,公曰:"君谓许不共⑤,故从君讨之。许既伏其罪矣,虽君有命,寡人弗敢与闻。"乃与郑人。

【译文】

夏天,鲁隐公和郑庄公相会于郲的地方,就是为商量讨伐许国之事。郑庄公预备伐许国。五月甲辰这一天,在太庙前发给兵器①。公孙阏和颖考叔为一辆兵车争夺起来,颖考叔挟起车辕就跑,子都(公孙阏)拔起一支戟去追,跑到大街,没有赶上。子都恨极了。秋七月,鲁隐公会同了齐侯、郑伯去伐许。庚辰这一天,进迫许国都城。颖考叔取郑伯的军旗名为"蝥弧"的先上了城,却被子都从下面一冷箭射去,掉下来了。瑕叔盈跟着取了"蝥弧"上去,拿旗子四周一摇说:"国君已经上城了!"郑兵听了,一齐上去。第三天就正式占领了许国,许庄公出奔到卫国去了。

齐侯拿许国让给鲁隐公,隐公说:"是你说许国不供职贡②,所以要讨伐它,它既然伏了罪,即使你有这话,我也不敢听。"于是改交给郑国。

---

①古时太庙前面是大众集合的地方,所以在这里分配兵器。②这里可以看出,春秋时代的战争,多半是为的大国要勒索小国的贡税。

注释

❶ 许国在今河南许昌东。

❷ "阏"读作"遏"。

❸ 輈是车辕。

❹ 棘就是戟。

❺ 古"供"字、"恭"字都作"共"。

【原文】

郑伯使许大夫百里奉许叔以居许东偏，曰："天祸许国，鬼神实不逞于许君，而假手于我寡人。寡人唯是一二父兄不能共亿，其敢以许自为功乎？寡人有弟，不能和协，而使糊其口于四方，其况能久有许乎？吾子其奉许叔以抚柔此民也。吾将使获也佐吾子。若寡人得没于地，天其以礼悔祸于许？无宁兹，许公复奉其社稷。唯我郑国之有请谒焉，如旧昏①媾，其能降以相从也。无滋他族，实逼处此，以与我郑国争此土也。吾子孙其覆亡之不暇，而况能禋②祀许乎？寡人之使吾子处此，不唯许

【译文】

郑庄公就叫许国大夫百里推戴许君的兄弟居于许国东部，告诉他："天降祸于许国，鬼神对于许君不甚满意，所以假手于我来讨伐他。我对自己一二父兄尚且不能供养，怎敢以攻克许国算我的功劳呢？我自己有个兄弟，尚且不能和睦，以致他流落在外面寄食，怎能长久占有许国呢？请你推戴许君的兄弟来安抚人民吧，我再派公孙获去帮帮你。假若我死了，或者天会加以恩礼，对于许国的灾祸后悔起来。不但如此，如果许君重来主持国政，那时，我们郑国和老亲戚一般，来来往往，总还肯跟我们打交道吧。不要让其他国家侵略过来，和郑国争夺这块国土。否则，我们的子孙连亡国都来不及了，怎能享有许国呢？我现在让你安顿在这里，并不只是为你们许国，也是为保障我们自己的边疆啊！"于是派公孙获驻扎在许国西部，

之为，亦聊以固吾圉③也。"乃使公孙获处许西偏，曰："凡而器用财贿，无置于许。我死，乃亟去之。吾先君新邑于此，王室而既卑矣，周之子孙日失其序。夫许，大岳④之胤⑤也，天而既厌周德矣，吾其能与许争乎？" 隐公十一年（公元前七一二年）

告诉他："所有你的财物，都不要存在许国，我一死，你就立刻撤走。我们的先君新近才建造这个地方，王室已经很衰弱了，周室的子孙一天天失去原来地位。这许国乃是太岳的后裔①，天既厌弃了周的德行，我又怎能和许国相争呢？"

---

① 郑国与周室都是姬姓，太岳的后裔是姜姓，这里指周室的统治力量渐渐削弱，姜姓的国家是不可轻视的。

说 明

郑、齐、鲁联合讨伐许国，反映了春秋时代诸侯国之间恃强凌弱的政治现实，弱小的许国很快被攻占。齐国先是主张将许国土地让给鲁国，但鲁隐公没有接受，后决定让给郑国，正中郑庄公下怀。他当即让大夫百里尊奉许庄公弟弟许叔主持许国国政，又派郑大夫公孙获对他进行监督。郑庄公对百里和公孙获的戒饬之辞，表现了他不矜功、不贪婪、度德量力、深谋远虑、善于运用权术的政治家风范。虽然他处处从本身利益出发，却说得委婉通融、灵活大雅。

注 释

❶ 古"婚"字作"昏"。
❷ "禋"读作"因"，是祭享的意思。
❸ "圉"读作"语"，边境的意思。
❹ 大岳即太岳，传说尧舜时的四方部落首领，掌四岳祭祀。这个名词尚难有正确解释。
❺ 胤是后代的意思。

二
齐桓公与管仲

导读

　　齐国从太公望始封之后，就利用山东半岛的经济地理条件，很快地发展工商业，因而取得了优越的地位，到了桓公（齐国的第十六任国君），开始倚仗商人出身的管仲来领导政治。齐国以实力为后盾，表面上主持公道、仗义执言，使强者有所忌惮，弱者也稍有保障。实际上是为保持对于当时诸侯国的贡纳权。这便是所谓的"九合诸侯，一匡天下"。

　　齐桓公的霸业是管仲辅佐的，管仲的经济、政治、军事主张，在《管子》和《史记》里表现得稍多，《左传》只记他的事迹。

【原文】

　　……初襄公立，无常。鲍叔牙曰："君使民慢，乱将作矣。"奉公子小白出奔莒。乱作，管夷吾、召忽奉公子纠来奔。……鲍叔帅师来言曰："子纠亲也，请君讨之。管召仇也，请受而甘心焉。"乃杀子纠于

【译文】

　　……当初襄公在位，政治没有遵循的法则，鲍叔牙说："国君号令人民而不严肃，乱事就要发生了。"于是拥护公子小白出居莒国。后来乱事发生，管夷吾、召忽也拥护公子纠到鲁国来了。……鲍叔牙带了兵向鲁国交涉说："公子纠是我们自己人，请你替我们办他的罪吧，至于管仲、召忽，是我们的仇人，想请你交给我们自己来办。"于是鲁国在生窦这个地方把公子纠杀死。召忽也

生窦①，召忽死之，管仲请囚，鲍叔受之，及堂阜②而税之。归而以告曰："管夷吾治于高傒，使相可也。"

庄公八年、九年（公元前六八六、前六八五年）

跟着死了。管仲却自愿做俘虏，鲍叔牙接收过去之后，走到堂阜地方，就将他释放了。鲍叔牙回到齐国报告桓公说："管夷吾治事才能比高傒①强得多，是可以请他做宰相的。"

---

①高傒是齐国的世卿，鲍叔牙主张用没有资历的管仲做相，这是世卿制度动摇的开端。

说 明

小白就是后来的齐桓公，他和公子纠两人都有继位的资格，管仲（夷吾是他的名字）原来是公子纠方面的人，但由于鲍叔牙的推荐，桓公便不计前仇，用他做宰相。鲍叔牙在推荐管仲辅佐齐桓公之后，甘愿身居管仲之下。管仲的子孙世代都在齐国享受俸禄，十几代人都得到了封地，成为有名的大夫。鲍叔牙举贤不避亲，小白用贤不避敌，齐国的霸业由此奠基，管鲍之交也成为千古美谈。

注 释

❶生窦，在今山东菏泽境内。

❷堂阜，在今山东临沂蒙阴西北。

【原文】

冬十二月，狄人伐卫①。卫懿公好鹤，鹤有乘轩②者。将战，国人受甲者皆曰："使

【译文】

冬天十二月，狄人去伐卫国。卫懿公喜欢养鹤，鹤的待遇有相当于大夫职位的。到了要交战的时候，那些受武装的国人都说："叫鹤去打吧，我们哪会打

鹤，鹤实有禄位，余焉能战？"……卫师败绩，遂灭卫。……齐侯使公子无亏帅车三百乘、甲士三千人以戍曹③。归公乘马，祭服五称，牛羊豕鸡狗皆三百，与门材。归夫人鱼轩④，重锦三十两。

僖之元年，齐桓公迁邢⑤于夷仪，二年，封卫于楚丘，邢迁如归，卫国忘亡。卫文公大布之衣，大帛之冠，务材训农，通商惠工，敬教劝学，授方任能。元年革车三十乘，季年乃三百乘。闵公二年（公元前六六〇年）

仗？"……卫兵大败，狄兵就把卫国灭掉了。……齐桓公叫公子无亏带了三百辆战车和三千甲士驻守曹地，保护卫国的遗民。送给卫君的是四匹马，五套祭服，牛羊等都是三百只，加上建筑材料。又送卫夫人一辆国君夫人所坐的车，上好的锦缎三十匹。

僖公元年，齐桓公将邢国迁到夷仪，二年，将卫国重新封在楚丘，邢国的人迁过去好像回家一样，卫国的人也好像忘记了亡国一样①。卫文公衣冠非常俭朴，还提倡生产，奖励工商，注重教育，选拔人才。所以开始时兵车只有三十辆，后来就有三百辆了。

---

①这几句话是说齐桓公援助邻国的周到之处。

说 明

齐桓公在管仲的辅佐之下，积极改革内政，达到了"通货积财，富国强兵"的效果。这时，北方山戎和狄族势力正在向南发展，经常袭扰燕、邢、卫等国。齐桓公利用王室虽然衰微但周王仍是名义上的大宗和共主的地位，提出"尊王攘夷"的口号，存邢救卫，为邢和卫两国筑了新的城邑，使"邢迁如归，卫国忘亡"，从而保证了这一地区的安定和经济的发展，在诸侯中树立了很高的威信。"存邢救卫"是齐桓公抑强扶弱的表现。邢卫两国已经亡国而又复兴，固然靠齐国帮助，但卫文公艰苦奋斗，努力建设，也是值得肯定的。

注释

❶ 卫国初都朝歌，今河南淇县。

❷ 轩是大夫阶级所乘的车。鹤坐车似乎有点费解，有人说鹤是一个地名，指那地方的人，不是鸟。

❸ "曹"亦作"漕"，是地名，不是国名。

❹ 国君夫人所坐的车，用鱼皮装饰的，名为鱼轩。

❺ 邢国在今河北邢台附近。

【原文】

　　四年春，齐侯以诸侯之师侵蔡①，蔡溃，遂伐楚。楚子使与师言曰："君处北海，寡人处南海，唯是风马牛不相及也。不虞君之涉吾地也，何故？"管仲对曰："昔召康公命我先君大公②曰：'五侯九伯，女实征之，以夹辅周室。'赐我先君履，东至于海，西至于河，南至于穆陵，北至于无棣。尔贡包茅不入，王祭不共，无以缩酒。寡人是征。昭王南征而不复，寡人是问。"对曰："贡之不入，寡君之罪也，敢不共给？昭

【译文】

　　四年春，齐桓公带了列国的兵侵入蔡国，蔡国的兵溃散了。于是就伐楚国。楚王派人到军前说："你的地方在北海，我的地方在南海①，就是马牛散走，也不会有牵涉的，实在想不到你会到我这地方来，究竟是什么道理？"管仲代为答复说："从前召康公指令我们的先君太公说：'诸侯有罪，你可以讨伐他们，也好辅佐周室。'颁赐我们先君的疆域是东到海，西到黄河，南到穆陵，北到无棣。你们久已不贡包茅，使王的祭祀没有可以缩酒的东西②。这是我所要征求的。从前昭王南征，死在路上，这是我所要查究的。"对方就说："没有进贡，确是我们国君的错，怎敢不照旧供应？至于昭王死在路上，请你向水边的国家去查究吧。"③大军还是前进，驻在陉的地方。到

王之不复，君其问诸水滨！"师进，次于陉。夏，楚子使屈完如师，师退，次于召陵③。齐侯陈诸侯之师，与屈完乘而观之。齐侯曰："岂不谷④是为？先君之好是继，与不谷同好如何？"对曰："君惠徼福于敝邑之社稷，辱收寡君，寡君之愿也。"齐君曰："以此众战，谁能御之？以此攻城，何城不克？"对曰："君若以德绥诸侯，谁敢不服？君若以力，楚国方城⑤以为城，汉水以为池，虽众，无所用之。"僖公四年（公元前六五六年）

了夏天，楚王派屈完到军前交涉，大军才退驻召陵。齐侯排齐了列国军队，同着屈完乘车检阅一遍。齐侯乘便说起："他们难道是为我吗？无非要继续我们上代的交情。不知道你们肯不肯也和我友好？"对方说："你肯让我们的国家也受到恩惠，不轻视我们的国君，那正是我们国君求之不得的了。"齐侯说："以这样的兵来作战，有谁能挡得住？以他们来攻城，又有什么城攻不下？"对方说："你若以恩德来安抚诸侯，谁敢不服？你若单靠武力，那么，楚国有方城的山可以做城垒，有汉水可以做壕沟，纵使兵多，有什么用呢？"

①齐国东境靠北海，楚国南境靠南海。②用茅缩酒是古时祭祀的一种礼节。③那时楚国国境还没有到那个地方，无法负责。

说 明

"春秋无义战"，意思是说春秋是一个诸侯混战的时代，大家都是为了实际的利益而打仗，大国凭借实力抢夺、吞并小国，弱肉强食，并非为了真理、正义而战。齐桓公伐楚，证明了战争的不合道义。齐桓公寻找的借口一听便知是站不住脚的，无法掩盖他恃强凌弱的本质，继而又赤裸裸地以武力相威胁。这一典型事例足以让人相信那时大多数战争的非正义性质，也从侧面表明了当时强者为王的竞争逻辑。

注释

❶ 蔡国初都上蔡（今属河南）。
❷ 即太公望，是齐国始封之君。
❸ 召陵在今河南漯河，位于河南省中南部。
❹ 不谷是君主自称之词，与孤或寡人意义相同。
❺ 方城山在今河南南阳、方城境内。

【原文】

秋，齐侯盟诸侯于葵丘，曰："凡我同盟之人，既盟之后，言归于好。"宰孔先归，遇晋侯，曰："可无会也。齐侯不务德而勤远略。故北伐山戎，南伐楚，西为此会也。东略之不知，西则否矣，其在乱乎。君务靖乱，无勤于行。"晋侯乃还。僖公九年（公元前六五一年）

【译文】

齐桓公召集诸侯在葵丘定了一个盟约，说："凡属我们的同盟，经过此次盟约，都要重新和好。"宰孔在定盟之后，先回周国。路上遇见晋侯正要去赴会，他就说："不必去了，齐侯不注重道德，只知道扩张势力，所以北伐山戎，南伐楚，西边又开这一次的会。是不是还要向东发展，那我不知道，可是向西是再不会的了。你自己小心时政的变乱，注意内部的安定吧，不必再奔波了。"于是晋侯就回去了。

说明

这次大会，周襄王也派代表参加，并赐王室祭祀祖先的祭肉给齐桓公。这是齐桓公多次召集诸侯会盟中最盛大的一次，表示周天子承认了齐桓公的霸主地位，标志着齐国的霸业达到了顶峰。这时的晋献公也是一个野心家，他只知扩张国势，却没有料到不久会死，死后国内就发生了祸乱。

三

晋献公与晋文公

导读

春秋早期，曲沃地方的强大家族杀逐五位晋国国君，取而代之，成为晋国的新主人，这在历史上称为"曲沃代翼"。这事约与齐桓公所处的时代相同。晋国向外逐步发展以后，吞并了许多小国。此时国君是献公。他晚年宠爱一个妃子，把太子杀了，叫小儿子继承王位，其余的儿子又把小儿子杀了，先由惠公继位，惠公死后，怀公继位，怀公的伯父重耳，经过十九年亡命之后，借着秦国的后援，自立为国君。这就是文公。晋文公手下有些杰出的人才，又逢齐国衰败，没有盟主，他就继起称霸，从此晋国的国势日益兴盛，在春秋时代，成为列国的重心。

【原文】

初，晋献公欲以骊①姬为夫人，卜之不吉，筮之吉。公曰："从筮。"卜人曰："筮短龟长，不如从长。且其繇②曰：'专之渝，攘公之㺄。一薰一莸③，十年尚犹有臭。'必不可。"弗听，立之。生奚齐，其

【译文】

当初，晋献公想立骊姬做夫人。先用龟甲占卜，结果不吉利，改用蓍草的筮法，结果却是吉利的。献公说："那就依筮吧。"卜人说："不可。"（卜人所说的话现在已经不容易懂，爻辞是当时占卜用的一套话，比后世的签诗更不可解，今从略不译。）献公不听他的话，到底把她立为夫人。生下的是奚齐。陪嫁的生下卓子。现在预备改

三　晋献公与晋文公　015

娣④生卓子。及将立奚齐，既与中大夫成谋。姬谓大子曰："君梦齐姜，必速祭之。"大子祭于曲沃，归胙于公。公田，姬置诸宫六日，公至，毒而献之。公祭⑤之地，地坟。与犬，犬毙。与小臣，小臣亦毙。姬泣曰："贼由大子。"大子奔新城。公杀其傅杜原款。或谓大子："子辞，君必辩焉。"大子曰："君非姬氏，居不安，食不饱。我辞，姬必有罪，君老矣，吾又不乐。"曰："子其行乎！"大子曰："君实不察其罪，被此名也以出，人谁纳我？"十二月戊申，缢于新城。姬遂谮二公子曰："皆知之。"重耳奔蒲⑥，夷吾奔屈⑦。僖公四年（公元前六五六年）

立奚齐做太子，已经和内廷的官吏商量定了。骊姬对（旧）太子说："国君最近梦见了你的母亲齐姜，你应该赶快去祭一祭她。"太子信了，就到曲沃老家去祭祀，回来把祭肉送给献公。恰好献公打猎去了。骊姬把祭肉留在宫里，过了六天，等献公回来，加上毒药献上去。献公把肉泼一点在地上看看，地就胀裂起来，给狗吃，狗死了，给侍者吃，侍者也死了。于是骊姬哭起来，说："这明明是太子的阴谋呀！"太子听见，知道祸事要到，就逃往新城。献公没有抓到太子，就把他的师傅杜原款杀了。有人替太子出主意说："何不自己去解释一下呢？国君自然会恍然大悟的。"太子说："我的君父若没有姬氏，起居也不得安，饮食也不得饱，我若解释明白了，那就证明姬氏是有死罪的。君父年纪大了，我又并不快活，那又何必呢？"人家说："那么，你出国去吧！"太子说："君父并不知道我是无罪的。我负了一个谋杀君父的罪名，有了这种恶名，还有谁肯收容我？"十二月戊申，自缢而死。骊姬连其余两个公子也想加以逸害，说："他们是同谋的。"重耳和夷吾只好各奔各的本城，蒲与屈去了。

说　明

　　这一段指出，晋国内乱的根源在于献公的年老糊涂。骊姬为了保障自己母子的安全，先把太子害死，再将其余两个——重耳、夷吾，一网打尽。骊姬所放在肉里面的毒药，必须临时使用，方能有效，但太子的祭肉却是六天以前送来的。这个漏洞，其实一问就可以问出来。可见献公完全被她迷惑住了。

注释

❶ 骊国在今陕西西安临潼附近。
❷ "繇"读作"胄"，是占卜的话。
❸ 薰是香的草，莸是臭的草。
❹ 古时女子出嫁还有随同出嫁的人，这就是所谓娣。
❺ 古时吃饭的时候分一点出来放在地上，叫作祭。
❻ 蒲在今山西临汾隰县西北。
❼ 屈在今山西临汾吉县北。

【原文】

初，晋侯使士蔿为二公子筑蒲与屈，不慎，置薪焉。夷吾诉之。公使让之。士蔿稽首而对曰："臣闻之，无丧而戚，忧必仇焉。无戎而城，仇必保焉。寇仇之保，又何慎焉！守官废命不敬，固仇之保不忠，失忠与敬，何以事君？《诗》云：'怀德惟宁，宗子①惟城。'君其修德而固

【译文】

当初晋献公派士蔿替重耳和夷吾建筑蒲、屈二城，因为不小心，以致土中杂有干草。夷吾把这事向献公报告上去，献公就叫人申斥士蔿，士蔿叩头答道："据我所知，不因死丧而哀戚，则忧愁的事必来和他作对；不因战争而筑城，则仇敌必来占领。既是仇敌要来占领，又何必小心？做事而违抗上级的命令，是不敬；明知仇敌要来占领，而又去加固起来，是不忠；不忠不敬，都不可以事君。《诗经》上说：'怀德就是安宁，宗子就是城垣。'你若修德而加强宗子，不是比筑城还好吗？三年

宗子，何城如之？三年将寻师焉，焉用慎？"退而赋曰："狐裘尨茸②，一国三公，吾谁适从？"

及难，公使寺人③披伐蒲，重耳曰："君父之命不校。"乃徇曰："校者吾仇也。"逾垣而走。披斩其袪，遂出奔翟④。僖公五年（公元前六五五年）

就要用兵的，何必小心呢？"说完这话，退下来就作了几句诗："狐裘尨茸，一国三公，吾谁适从？"（意思是说：那班穿着狐裘的贵人乱糟糟的，一国三个主人，我到底听谁的话呢？）

后来祸事发作，献公派寺人披伐蒲，重耳说："君父的命令是不可以抗拒的。"同时遍告手下的人说："谁敢抗拒，就是我的敌人！"当下就跳墙逃走，寺人披连忙追上去，一刀砍去，砍断了他的袖子。从此重耳就逃往翟国了。

说 明

寺人披伐蒲，是春秋时期晋国内部的一场祸乱。僖公五年，晋国发生骊姬之乱。晋献公听信骊姬谗言，杀太子申生，又派寺人披（即勃鞮）率兵攻公子重耳之居地蒲。重耳遵行父子之礼，未做任何抵抗，逃奔到翟。

注 释

❶宗子是同姓的子弟。
❷"尨"音"蒙"，尨茸是纷乱的意思。
❸寺人就是太监。
❹翟即狄国，有赤狄、白狄二种。赤狄在今山西长治一带；白狄在今陕西延安，山西离石、石楼一带。

【原文】

九月,晋献公卒。里克、㔻郑欲纳文公,故以三公子之徒作乱。初,献公使荀息傅奚齐。公疾,召之曰:"以是藐诸孤,辱在大夫,其若之何?"稽首而对曰:"臣竭其股肱之力,加之以忠贞。其济,君之灵也;不济,则以死继之。"公曰:"何谓忠贞?"对曰:"公家之利,知无不为,忠也。送往事居,耦俱无猜,贞也。"及里克将杀奚齐,先告荀息曰:"三怨将作,秦、晋辅之,子将何如?"荀息曰:"将死之。"里克曰:"无益也。"荀叔曰:"吾与先君言矣,不可以贰。能欲复言而爱身乎?虽无益也,将焉辟之?且人之欲善,谁不如我?我欲无贰而能谓人已乎?"冬十月,里克杀奚齐于次。……十一月,里克杀公子卓于朝,荀息死之。……僖公九年(公元前六五一年)

【译文】

九月,晋献公去世。里克和㔻郑想让文公回国做国君,所以发动太子申生和重耳、夷吾三人的党羽作乱。当初献公委派荀息保护奚齐,后来病了,就叫了他来,说:"可怜这样小的孩子,只好让你费心多加照顾了,你打算怎样?"荀息叩了个头说:"我只有竭尽我的力量,加上一分忠贞的心来保护。成功是你的运气,不成功我只好拿命拼了。"献公问他:"你所谓忠贞是什么意思?"他说:"有利于公家的事,只要我知道,一定去实行,这就是忠。把过去的送走,对现存的服从,大家不要彼此猜忌,这就是贞。"等到里克预备要杀奚齐,先通知荀息说:"三家仇人都要动手了,秦国、晋国都肯做后援,你打算怎样呢?"荀息说:"那我只有牺牲了。"里克说:"这是没有用的。"荀息说:"我和先君有话在前,不能负心。一个人想守信用怎能舍不得性命?虽明知无益,但又有什么法子逃避呢?不过还有一点,别人想做好人,谁又不和我一样?我自己不肯负心,又怎肯制止别人不忠于君呢?"①冬十月,里克就在丧次把奚齐杀了。……十一月,里克又在朝廷上把卓子也杀了,荀息跟着死了。……

---

①这几句的意思是:你们要贯彻你们的主张,我也不能禁止你们,只好各行其是了。

说 明

此时晋国大乱，晋献公诸子竟无一人在朝，死的死，逃的逃。晋献公身前文臣以荀息、士蒍为首，专门为献公出谋划策；武将以里克为首，丕郑为辅，他们主要掌管军政要务，手中握有实权。连接文臣武将的纽带便是国君献公。一旦国君崩逝，新主又不能驭制臣下，那么文臣若不依附武将，便完全失去了用武之地。不管荀息如何多谋，如何忠心，都是无济于事。

【原文】

晋郤芮使夷吾重赂秦以求入，曰："人实有国，我何爱焉。入而能民，土于何有。"从之。齐隰朋帅师会秦师，纳晋惠公。僖公九年（公元前六五一年）

【译文】

晋郤芮教夷吾以重礼贿赂秦国援助他回国。他说："国家在别人手里，我们何必舍不得？只要能回国，有了民众，还怕没有地方？"夷吾就听从了他的话。齐国果然派隰朋带兵联合秦兵把夷吾护送回国，立他为君。这就是晋惠公。

说 明

里克主谋，弑了两个幼主，暂时掌握了国家生杀大权。国不可一日无君，在申生死后，晋国的诸大夫们大多数拥戴重耳。里克更是认为重耳是继申生后的不二人选，于是拥立重耳为君。此时重耳不清楚国内的具体情况，婉言谢绝，与国君之位失之交臂。

重耳的推脱，让里克颇为失望，于是便选择了公子夷吾。夷吾采纳了郤芮的意见命人写了两封信，托屠岸夷带给里克和丕郑，此外还特意写了一封长信，派人送给秦穆公，求他出兵助自己返国，并答应事成之后，将晋国河西的五座城池划归秦国。秦穆公派公孙支带兵辅助夷吾回国，是为晋惠公。

【原文】

晋侯杀里克以说。将杀里克，公使谓之曰："微子则不及此。虽然，子弑二君与一大夫，为子君者不亦难乎？"对曰："不有废也，君何以兴？欲加之罪，其无辞乎？臣闻命矣。"伏剑而死。于是丕郑聘于秦，且谢缓赂，故不及。

丕郑之如秦也，言于秦伯曰："吕甥、郤称、冀芮实为不从。若重问以召之，臣出晋君，君纳重耳，蔑不济矣。"僖公十年（公元前六五〇年）

【译文】

晋惠公为表明自己不是篡位夺权的，所以把乱事的责任归在里克身上，预备把里克杀掉。先差人告诉他一番话说："不是你，我不会有今天。但是你杀了两个君上（奚齐、卓子）和一个大夫（荀息），做你的君上不也太难了吗？"里克说："没有被废除的，你怎么会兴起的？你硬要加给我罪名，还怕没有理由吗？你的意思我也明白了。"当时就自己倒在剑锋上死了。这时丕郑正奉命访问秦国，并且表明暂时不交出所应许割让的地方，所以没有遭难。

丕郑到秦国就对秦伯说："不肯交出地方的就是吕甥、郤称、冀芮三人。假使你肯多送点东西给他们，把他们叫来，我就可以把晋君驱逐出去，你再另把重耳送回，事情就没有不成的了。"

说 明

晋惠公继位后，试图削弱里克、丕郑等人之兵权，遭到里克、丕郑的反抗。僖公十年，惠公命丕郑出使秦国以孤立里克，里克被杀。丕郑欲联合秦穆公，迎晋公子重耳归国，颠覆晋惠公。回国后事情暴露而遭到晋惠公的镇压，丕郑及其同党皆被杀。

【原文】

冬，晋荐饥，使乞籴于秦。秦伯谓子桑："与诸乎？"对曰："重施而报，君将何求？重施而不报，其民必携，携而讨焉，无众必败。"谓百里："与诸乎？"对曰："天灾流行，国家代有，救灾恤邻，道也。行道有福。"丕郑之子豹在秦，请伐晋。秦伯曰："其君是恶，其民何罪？"秦于是乎输粟于晋，自雍及绛相继，命之曰泛舟之役。僖公十三年（公元前六四七年）

【译文】

冬，晋国两次灾荒，派人往秦国请求买粮食。秦伯问子桑："允许不允许呢？"子桑说："若是我们施了大恩而能得到报酬，那还要怎样？若是施了大恩而得不到报酬，那么，他们人民必不齐心，不齐心再加以讨伐，民众就不会拥护他，也就必然失败。"又问百里："允许不允许呢？"百里说："天灾流行，是国家常有的事。救灾恤邻，是合乎人道的，合乎人道的必有福。"此时丕郑的儿子丕豹正在秦国，要求伐晋。（因为丕郑已经被晋国杀了，所以丕豹想报仇。）秦伯说："他们的国君虽然可恶，他们的人民有什么罪？"于是秦国向晋国运粮，从雍（秦的都城）到绛（晋的都城）不绝于路。这件事大家称为"泛舟之役"（因为是利用水路交通的）。

【原文】

冬，秦饥，使乞籴于晋，晋人弗与。庆郑曰："背施无亲，幸灾不仁，贪爱不祥，怒邻不义。四德皆失，何以守国？"虢射①曰："皮之不存，毛将安

【译文】

第二年冬天，秦国也闹灾荒了，派人往晋国请求买粮食，晋国却不允许。庆郑说："忘记人家的恩惠，是无亲。人家有灾难却以为是快心的事，是不仁。舍不得东西给人，是不祥。激怒邻国，是不义。四种美德都失掉了，如何能守得住国家？"虢射说："皮都没有了，毛又依附在哪里呢？"

傅?"② 庆郑曰:"弃信背邻,患孰恤之?无信患作,失授必毙,是则然矣。"虢射曰:"无损于怨而厚于寇,不如勿与。"庆郑曰:"背施幸灾,民所弃也。近犹仇之,况怨敌乎?"弗听。退曰:"君其悔是哉!"

僖公十四年（公元前六四六年）

庆郑说:"背弃信义,亏负邻国,我们有了灾难,谁肯照顾我们?不守信义必然惹祸,失去援助必然败亡,这是一定的了。"虢射说:"人家对我的怨恨,并不能因此减少,徒然资助了敌人,还是不要给的好。"庆郑说:"又背负了人家的恩惠,又以人家的灾难为快心的事,这是民众所唾弃的。自己的人都会仇恨我们,何况有仇的敌人呢?"这话始终没有被采纳。庆郑下去就说:"他有一天会懊悔这件事的!"

说 明

泛舟之役是中国历史上第一次有明确记载的内陆河道水上运输的一个重大事件,发生在晋惠公在位期间。惠公在位期间晋国连年大旱,庄稼收成很低,人民饿着肚子,在这种情况下惠公派遣大臣和秦国借粮食。秦国当时和晋国虽然有矛盾,但是最后还是决定把粮食借给晋国,从秦国的都城雍装载粮食上船,经过渭河东下进入黄河的河道,再从黄河河道拐弯北上沿着汾河河道进入浍水,进入到晋国的都城绛。

第二年,秦国发生灾荒,而晋国却获得大丰收,于是秦国也请求晋国卖一些粮食给秦国。晋惠公与大臣商议此事后采纳了虢射的意见,拒绝了秦国使臣,由此引发了两国的战争。

注 释

❶ 作为人名用时,"射"都读作"亦"。

❷ "傅"与"附"字意思相同。

【原文】

晋侯之入也，秦穆姬属贾君焉，且曰："尽纳群公子。"晋侯烝①于贾君，又不纳群公子，是以穆姬怨之。晋侯许赂中大夫，既而皆背之。赂秦伯以河外列城五，东尽虢略，南及华山，内及解②梁城，既而不与。晋饥，秦输之粟；秦饥，晋闭之籴，故秦伯伐晋。

【译文】

晋惠公回国的时候，秦穆公夫人（晋惠公之姊）将她的母亲贾君托他照顾，并且嘱咐他把一班（避难的）公子都叫回国。惠公却私通贾君，也没把一班公子叫回国，所以穆公夫人怨恨他。惠公曾经应许酬劳国内的大夫，后来都不履行。应许把黄河以南五个城邑——东边包括虢国的疆界，南边到华山，河以内到解梁给秦国，后来也都没有交割出去。晋国闹饥荒，秦国接济粮食，秦国闹饥荒，晋国却不卖粮食，因为这些原因，秦穆公就对晋国用兵了。

注释

❶烝是与长辈女子通奸的意思。
❷地名之"解"字读作"蟹"。

【原文】

九月，晋侯逆秦师，使韩简视师，复曰："师少于我，斗士倍我。"公曰："何故？"对曰："出因其资，入用其宠，饥食其粟，三施而无报，是以来也。今

【译文】

九月，晋惠公迎着前进的秦兵，并派韩简观察敌兵的强弱。回来报告说："兵数虽比我们少，可是能战斗的却比我们加倍得多。"惠公说："这话怎讲？"他说："逃亡的时候，靠他的接济；回国的时候，靠他的势力；饥荒的时候，吃他的粮食。三次施恩，没有得到报酬。他来就是为

又击之，我怠秦奋，倍犹未也。"公曰："一夫不可狃，况国乎。"遂使请战，曰："寡人不佞，能合其众而不能离也，君若不还，无所逃命。"秦伯使公孙支对曰："君之未入，寡人惧之，入而未定列，犹吾忧也。苟列定矣，敢不承命。"韩简退曰："吾幸而得囚。"

此。现在我们打他，我们的士气不振，秦国却是勇气勃勃，其实还不止于加倍呢！"惠公说："对个人尚且不能轻视，何况我们一国？"当下就约期交战，说："我是没有能力的，只会把我的部下召集起来，却不会解散，如果你不退兵，那我也就无法逃避了。"秦穆公派公孙支（子桑）回答说："你未曾回国的时候，我还替你担心，回国而未曾安排好，我依然不放心。只要你安排好了，怎敢不依你的指教？"韩简下来就说："我若能做俘虏，还算万幸。"

【原文】

壬戌，战于韩原。……秦获晋侯以归。晋大夫反首拔舍从之。秦伯使辞焉，曰："二三子何其戚也？寡人之从君而西也，亦晋之妖梦是践，岂敢以至。"晋大夫三拜稽首曰："君履后土而戴皇天，皇天后土实闻君之言，群臣敢在下风。"

穆姬闻晋侯将至，以大子䓨、弘与女简、璧登台而履薪焉，使以

【译文】

壬戌，秦晋战于韩原。……最终秦穆公把晋惠公俘虏了回去，晋国的大夫都蓬着头，睡在草地，一直跟着。秦穆公叫人止住他们说："各位何必这样伤心？我同你们的国君往西走，也无非应验你们晋国的妖梦罢了①。怎么敢把他俘虏来呢？"晋国的大夫就拜了三次叩头说："你头上有天，脚下有地，天地都听见你这话的，我们大家就在这里候命了。"

穆公夫人听说兄弟晋惠公将要到了，就带着两子两女登上一个高台，脚下踹着干草②，叫人穿上丧服迎上去说："上天降灾，使两国之君不能和平相见，而出于战争。果真把晋君今天早晨俘虏进来，我就今天晚上死，今天晚上俘虏进来，我就明天早晨死，请你考虑

免服衰①绖逆，且告曰："上天降灾，使我两君匪②以玉帛相见，而以兴戎。若晋君朝以入，则婢子夕以死；夕以入，则朝以死。唯君裁之。"乃舍诸灵台。

吧！"（"上天降灾"以下几句，据《正义》说，是古本《左传》所无的。）于是只得把晋惠公安置在灵台。

---

①据说晋惠公梦见太子申生说，天要将晋国赐秦国，大概当时这话已经传到秦国了。②登高台是防人来救，踹干草是预备举火自焚，并且表示哀悼。杜注说从堆积的干草上才能上台，似乎不合理。

说 明

由于晋惠公君臣忘善背德，不得人心，所以士气不振，一交战就溃败；而秦军将士同仇敌忾，秦穆公决策正确，所以大获全胜，并俘虏了晋惠公。这场战争的胜负，正反映出"得道多助，失道寡助"这样一个永恒的真理。

注 释

❶ "免"读作"问"，"衰"读作"催"，都是古时丧服的名称。
❷ "匪"在古文字中作"不是"解。

【原文】

大夫请以入。公曰："获晋侯，以厚归也。既而丧归，焉用之？大夫其何有焉？且晋人戚忧以重我，天地以要我。不图晋

【译文】

一班大夫都请求把晋君俘虏回去，穆公说："俘虏晋侯，原是为的使凯旋的军队有光彩。若是回来死了人（指穆公夫人或许要因此自杀），那又何苦？各位大夫又有什么好处？而且晋国人这样伤心来感动我们，用天地的誓言来要挟我们，若不顾及晋国人的

忧，重其怒也；我食吾言，背天地也。重怒难任，背天不祥，必归晋君。"公子縶曰："不如杀之，无聚慝焉。"子桑曰："归之而质其大子，必得大成。晋未可灭而杀其君，只以成恶。且史佚①有言曰：'无始祸，无怙乱，无重怒。'重怒难任，陵人不祥。"乃许晋平。②

忧苦，那就是加深他们的愤怒，我若取消我的诺言，那就是违背天地。加深愤怒，难以承当，背天也是不祥的事，所以晋君是一定要送回去的。"公子縶说："还是杀掉他，不要再让他们相聚为恶。"子桑说："我们不妨把他的太子留下做人质，而把他放回去。这样可以得到有利的和平。既不能把晋国灭掉，若杀掉它的国君，徒然激成一种仇恨。并且史佚有句话：'不要主动开启祸端，不要仗恃别人有内乱，不要加深愤怒。'加深愤怒就难以承当，欺人过甚也是不祥的事。"这样就应允晋国讲和了。

注释

❶史佚是一个古时的史官。
❷平是讲和的意思。

【原文】

【译文】

晋侯使郤乞告瑕吕饴甥，且召之。子金教之言曰："朝国人而以君命赏，且告之曰：'孤虽归，辱社稷矣。其卜贰圉也。'"众皆哭。晋于是

晋侯派郤乞回国把情形报告子金（瑕吕饴甥①），并且约他到秦国来面谈。子金教郤乞一番话说："你把国人召集起来，用国君的名义，先颁赐一些酬劳，并且告诉他们说：'我即使能回国，也对不起国家了，你们占卜一下，把太子圉拥立起来如何？'"大家听了这番话，都伤心得哭起来。晋国有"爰田"的名目，就是从这件事开始的。这个时候，子金出来了，说："我们国君不顾

乎作爰田①。吕甥曰："君亡之不恤，而群臣是忧，惠之至也。将若君何？"众曰："何为而可？"对曰："征缮以辅孺子，诸侯闻之，丧君有君，群臣辑睦，甲兵益多，好我者劝，恶我者惧，庶有益乎！"众说②。晋于是乎作州兵。

自己流亡在外，反替我们操心，这真是莫大的恩惠了，我们怎样才可以对得起他呢？"大家都说："你看应当怎样？"他说："重新编制军队，辅佐太子，让列国知道我们失掉一个国君，还有一个国君。大家齐心一致，军队比从前更多。和我们友好的，因此更加有劲，和我们有仇的，因此也会畏惧，或许可以有点用处吧！"大家听他的话，都非常赞成。晋国于是有州兵的制度。

---

①瑕吕饴甥之瑕似乎是一个地名，吕是姓，饴是名，甥是亲属关系，子金是字。正如后来吴国的延州来季子一般，杜注说姓瑕吕，似不可从。

说 明

韩原之战后，晋惠公被俘至秦，派人回国，假君命赏给国人田地，以求国民的支持，此为"作爰田"。在此基础上实行新的征收军赋的制度，以扩充晋国兵力，名之曰"作州兵"。"作州兵"改变了国人"执干戈以卫社稷"的传统，将征兵范围扩大到国人以外的社会阶层，来增加补充兵源。（"州"为国野制度下的野人的所居之地，其居民之前无法当兵。）

"作爰田"与"作州兵"的实施和推行既增加了军队数量，又改变了军队的传统结构，一定程度上促进了新的军事制度的产生。

注 释

❶爰田大概是从国君名下的土地分出来给其他贵族的。
❷古"悦"字作"说"。

【原文】

　　十月，晋阴饴甥①会秦伯，盟于王城。秦伯曰："晋国和乎？"对曰："不和。小人耻失其君而悼丧其亲，不惮征缮以立圉也，曰：'必报仇，宁事戎狄。'君子爱其君而知其罪，不惮征缮以待秦命，曰：'必报德，有死无二。'以此不和。"秦伯曰："国谓君何？"对曰："小人戚，谓之不免。君子恕，以为必归。小人曰：'我毒秦，秦岂归君？'君子曰：'我知罪矣，秦必归君。'贰而执之，服而舍之，德莫厚焉，刑莫威焉。服者怀德，贰者畏刑。此一役也，秦可以霸。纳而不定，废而不立，以德为怨，秦不其然。"秦伯曰："是吾心也。"改馆晋侯，馈七牢②焉。僖公十五年（公元前六四五年）

【译文】

　　十月里，吕甥和秦伯在王城把盟约定好了。秦伯说："晋人一致吗？"他说："不一致。在下的人以失掉国君为耻辱，而且哀悼阵亡的亲人，不惜改编军队，拥立太子，都说：'情愿归顺戎狄，此仇则非报不可。'至于在上的人，虽然爱护自己的国君，却也知道自己的错处。也不惜改编军队，观望秦国的举动，都说：'必报秦国之德，至死也不改变。'因为这样，所以不一致。"秦伯说："那么，你们国内对于你们的国君怎样看？"他说："在下的人很担心，说恐怕免不了危险。在上的人推己及人，说一定会放回来的。在下的人说：'我们害了秦国，秦国怎肯放他回来？'在上的人说：'我们既然认错了，秦国就一定肯放他回来。'离叛了，秦君就擒去，服罪了，就放了走。论恩德，再没有比这更大的，论刑罚，再没有比这更有威力的，服罪的人思念恩德，离叛的人畏惧刑罚，就这一番举动，秦国也可以称霸了。本来是你们送他回国的，又不把他安顿好，废掉又不再立起来，一番好意变成仇恨，秦国总不会这样的吧！"秦伯说："我也正是这个意思。"于是换了一个地方招待晋侯，送给他牛、羊、猪肉。

【原文】

及曹①,曹共公闻其骈胁,欲观其裸。浴,薄②而观之。僖负羁之妻曰:"吾观晋公子之从者,皆足以相国。若以相,夫子必反其国。反其国,必得志于诸侯。得志于诸侯而诛无礼,曹其首也。子盍蚤③自贰焉。"乃馈盘飧,置璧焉。公子受飧反璧。

及宋④,宋襄公赠之以马二十乘。

【译文】

到了曹国,曹共公听说他生来肋骨长在一起,想看一看,趁他洗澡的时候,硬跑过去看。曹国的大夫僖负羁的夫人说:"据我看来,晋公子手下的人都是做宰相的人才,果真有宰相之才,他必能回国,回国之后,必能在列国中称强,那时讨伐无礼的,曹国就是第一个对象了。你何不早点联络一下?"于是送他一盘食物,把一块玉璧藏在里头,重耳收下他的食物,玉璧却退回去了。

到了宋国,宋襄公送了他八十匹马。

注释

❶曹国在今山东菏泽定陶附近。
❷薄是迫近的意思。
❸"蚤"与"早"字通用。
❹宋国都今河南商丘。

【原文】

及郑,郑文公亦不礼焉。叔詹谏曰:"臣闻天之所启,人弗及也。晋公子有三焉,天其或者将建

【译文】

到了郑国,郑文公也不款待他。郑国的叔詹劝他说:"天要为他开一条路,那就不是人力所能做到的。晋公子有三样条件,或者是天要帮助他兴起来,也未可知,你还是

诸，君其礼焉。男女同姓，其生不蕃。晋公子，姬出也，而至于今，一也。离外之患，而天不靖晋国，殆将启之，二也。有三士足以上人而从之，三也。晋、郑同侪，其过子弟，固将礼焉，况天之所启乎？"弗听。

好好款待他吧。男女出于同姓的，论理生育不多，晋公子是姬姓的母亲所生，而能到现在的地步，这是第一样。出奔在外，而天使晋国不安定，似乎是要替他开一条路，这是第二样。有三个人才都足以居上位，而肯跟从他，这是第三样。晋郑向来是同等的①，子弟过路，本来应该款待，何况天还为他开路呢？"郑文公仍然不听他的话。

———————
①晋、郑两国在周室东迁的时代，本是共同支持周室的，两国又都是姬姓。

【原文】

及楚，楚子飨之，曰："公子若反晋国，则何以报不穀？"对曰："子女玉帛则君有之，羽毛齿革则君地生焉。其波及晋国者，君之余也，其何以报君？"曰："虽然，何以报我？"对曰："若以君之灵，得反晋国，晋、楚治兵，遇于中原，其辟君三舍①。若不获命，其左执鞭弭②，右属櫜鞬③，以与君周旋。"子玉请杀之。楚子曰："晋公子广而俭，文

【译文】

到了楚国，楚王请他宴会，说："你果真回到晋国，怎样酬谢我？"他说："子女玉帛，你有的是；鸟的羽毛，兽的齿革，是你们自己地方出产的，你们剩下来的，才流到我们晋国。①叫我拿什么来酬谢你呢？"楚王说："话虽如此，到底总要酬谢我什么吧！"他说："假使托你的福回到晋国，晋楚两国练起兵来，在中原互相遭遇，也许要让你九十里；假使你一定不答应，那么，我只可左手拿鞭子和弓梢，右边带弓箭袋，和你相追逐。"子玉听了这话，就请楚王把他杀掉（因为他口气太凶了）。楚王说："晋公子志向远大却又能俭朴，能文并且有礼，手下的人严肃却又能

而有礼。其从者肃而宽，忠而能力。晋侯无亲，外内恶之。吾闻姬姓，唐叔之后，其后衰者也，其将由晋公子乎。天将兴之，谁能废之。违天必有大咎。"乃送诸秦。

僖公二十三年（公元前六三七年）

宽和，忠实却又有能力。现在的晋君失去人心，国外国内都不以为然。我听说唐叔②的后裔在姬姓列国之中要衰微得最晚，恐怕就是靠他吧？天所要兴的，谁能废掉？违天必有大罪。"于是把他送到秦国。

①从这里可以看出楚国对北方的物资交易。②唐叔是晋国的始封君。

注 释

❶古时三十里为一舍。

❷弭是弓的末端。

❸櫜鞬是弓箭袋。

【原文】

二十四年，春王正月，秦伯纳之。……及河，子犯以璧授公子曰："臣负羁绁从君巡于天下，臣之罪甚多矣。臣犹知之，而况君乎？请由此亡。"公子曰："所不与舅氏同心者，有如白水。"投其璧于河。……僖公二十四年（公元前六三六年）

【译文】

二十四年春正月，秦伯接待文公之后，又把他送回晋国。……走到黄河边上，狐偃拿一块玉奉给重耳，说："我背着马缰，跟你走遍了天下，我的罪状很多了，我自己都知道，何况你呢？现在就此告辞吧。"重耳说："我若不和舅氏同心，有如此水。"①登时把那块玉投在河里。……②

①这是当时起誓的惯语。②底下一段记载晋兵还要抵抗，秦国派人替晋文公疏通，三方面讲好条件后，晋国才接纳文公进去。今从略。

说 明

这一段是记载晋文公（重耳）亡命十九年的经过。由于他手下有这些人才，所以回国能成霸业。自从晋惠公（夷吾）回国以后，闹了乱子，不得人心，就给了文公图霸的机会。惠公一死，文公就毫不客气地借秦国的势力回去，把惠公的儿子怀公杀掉，自立为君。

【原文】

冬，晋侯围原，命三日之粮。原不降，命去之。谍出，曰："原将降矣。"军吏曰："请待之。"公曰："信，国之宝也，民之所庇也，得原失信，何以庇之？所亡滋多。"退一舍而原降。僖公二十五年（公元前六三五年）

【译文】

冬天，晋侯围攻原城，只下令准备三天的给养。结果原城还是不降，于是下令撤退。间谍出来报告说："马上就要投降的。"军官们说："不妨再等一等。"文公说："信用是国家之宝，人民靠它来做保障，得了原的地方而失去信用，怎么可以保障人民呢？所失岂不更多？"决定撤退三十里，然后原城也投降了。

【原文】

晋侯始入而教其民，二年，欲用之。子犯曰："民未知义，未安其居。"于是乎出定襄王，入务利民，民怀生矣，将用之。子犯曰："民未知信，未宣其用。"

【译文】

晋侯刚回国，就把民众训练起来。两年就想用民众作战。狐偃说："民众还不知道本分所在，不肯守自己的本位。"于是在国外则为周襄王平乱，在国内则注重谋人民的福利。人民都有安居乐业的意思了，（晋侯）又预备用来作战。狐偃说："民众还不懂得信实，不明白它的作用。"于是以

【原文】

于是乎伐原以示之信。民易资者不求丰焉,明征其辞。公曰:"可矣乎?"子犯曰:"民未知礼,未生其共。"于是乎大蒐以示之礼,作执秩以正其官,民听不惑而后用之。出谷戍,释宋围,一战而霸,文之教也。僖公二十七年(公元前六三三年)

【译文】

伐原这件事来表明信实。人民中间有交易的不求利润之多,只要有明确的证据的规定。文公说:"现在总可以了吧?"狐偃说:"民众还不懂得纪律,还没有养成严肃的心思。"于是举行一次大检阅以表现纪律,设一种"执秩"的官职,来规定各种职务,使民众的视听一点不会动摇,然后用来作战。同时,使楚国撤去守谷的兵,替宋国解围,一战而成霸业,这都是由于文公的教化。

说明

重耳继位后,首先"昭旧族,爱亲戚,明贤良,尊贵宠,赏功劳,事耇老,礼宾旅,友故旧",任用有才能的人,制定官员规章,按法办事,确立名分,培育美德;其次,宣扬德教,以培养百姓的纯朴德性。并且随着晋国国力膨胀以及政治需要,重耳不断进行军事改革,奠定了他成就霸业的基础。

【原文】

宋人使门尹般如晋师告急。公曰:"宋人告急,舍之则绝,告楚不许。我欲战矣,齐、秦未可,若之何?"先轸曰:"使宋舍我而赂齐、秦,借之告楚。我执曹君而分曹、卫之田以赐宋人。楚爱曹、

【译文】

宋人派门尹般向晋兵求救。文公说:"宋人求救,不救就要和我们断绝关系了。和楚国商量,又不肯听。我们想要和楚国一战,而齐、秦两国不赞成,怎么办呢?"先轸说:"叫宋国不必再求我们,而去运动齐、秦,让这两国去和楚国交涉。我们把曹君扣留起来,把曹、卫的田分给宋人,楚

卫，必不许也。喜赂怒顽，能无战乎？"公说，执曹伯，分曹、卫之田以畀宋人。僖公二十八年（公元前六三二年）

国是和曹、卫亲善的，一定不答应齐、秦的请求。既得到贿赂，而又恨楚国的不听话，怎能不作战呢？"文公赞成其言，就这样办了。

说 明

此时楚国已经很强了，宋、郑、曹、卫等国都服从它，但宋国忽然叛楚去改投晋国，所以楚国讨伐它。晋国是唯一可以抵抗楚国的，所以要趁此显一显手段。

【原文】

楚子入居于申，使申叔去谷，使子玉去宋，曰："无从晋师。晋侯在外十九年矣，而果得晋国。险阻艰难，备尝之矣；民之情伪，尽知之矣。天假之年，而除其害。天之所置，其可废乎？《军志》曰：'允当则归。'又曰：'知难而退。'又曰：'有德不可敌。'此三志者，晋之谓矣。"

子玉使伯棼请战，曰："非敢必有功也，愿以间执谗

【译文】

楚王驻兵于申，下令叫申叔离开谷，叫子玉离开宋，说："不必迫近晋兵。晋侯在外面十九年，现在居然得到晋国，什么危险困难，他都经历过；人情世故，他都明白了。天让他有这样的寿命，又把他的对头都剪除掉了，天意所安排的，能够废掉吗？兵书上说过：'恰到好处，就应当罢手。'又说：'知道困难就应当退却。'又说：'有德的人是不可与之为敌的。'这三句话都是指晋国而言的了。"

子玉派伯棼回去要求出战，说："不敢一定要立功，只是想堵一堵那班说闲话的人的嘴。"①楚王很不高兴，就少派军队给他，只有西广、东宫和若敖

慝之口。"王怒,少与之师,唯西广①、东宫与若敖之六卒实从之。

氏的六队兵跟过去。

①这是因为从前有人讥诮子玉不会用兵。

注释

❶ "广"读作"旷",西广、东宫都是军队的称号。

【原文】

子玉使宛春告于晋师曰:"请复卫侯而封曹,臣亦释宋之围。"子犯曰:"子玉无礼哉!君取一,臣取二,不可失矣。"先轸曰:"子与之。定人之谓礼,楚一言而定三国,我一言而亡之。我则无礼,何以战乎?不许楚言,是弃宋也。救而弃之,谓诸侯何?楚有三施,我有三怨,怨仇已多,将何以战?不如私许复曹、卫以携之,执宛春以怒楚,既战而后图之。"公说,乃拘宛春于卫,且私许复曹、卫。曹、卫告绝于楚。

【译文】

于是子玉派宛春通知晋兵说:"你们送卫侯回去,再重新把曹国封起来,我也就解除宋国的围攻。"狐偃说:"子玉好不讲礼啊!你是君,只得一样好处,他是臣,倒要得两样好处。不要失掉机会呀!"先轸说:"你应当答应他。能使人安定才是有礼,楚国一句话安定了三国,我们一句话都送掉了。那是我们自己不讲礼,怎么可以同人交战呢?不答应楚国的话,就是遗弃宋国,既然来救宋国,结果又遗弃了它,怎么对得起列国呢?楚有三种恩惠,我有三种仇恨,仇恨太多,如何可以交战?不如私下答应曹、卫,恢复它们,好使它们和楚国脱离,再把宛春扣留下来,激怒楚国。其余等战后再来决定。"文公听了,极为赞成,就此把宛春囚在卫国,并且私下答应恢复曹、卫,曹、卫于是对楚国宣告断绝关系。

【原文】

子玉怒，从晋师。晋师退。军吏曰："以君辟臣，辱也。且楚师老矣，何故退？"子犯曰："师直为壮，曲为老。岂在久乎？微楚之惠不及此，退三舍辟之，所以报也。背惠食言，以亢其仇，我曲楚直。其众素饱，不可谓老。我退而楚还，我将何求？若其不还，君退臣犯，曲在彼矣。"退三舍。楚众欲止，子玉不可。夏四月戊辰，晋侯、宋公、齐国归父、崔夭、秦小子慭次于城濮。楚师背酅①而舍。晋侯患之，听舆人之诵，曰："原田每每，舍其旧而新是谋。"公疑焉。子犯曰："战也。战而捷，必得诸侯。若其不捷，表里山河，必无害也。"公曰："若楚惠何？"栾贞子曰："汉阳诸姬，

【译文】

子玉生气了，进迫晋兵，晋兵朝后撤退。军官们说："我们是君，他们是臣，君倒要躲避臣，太屈辱了吧！并且楚兵也衰老了，为什么要撤退？"狐偃说："出兵而理直者就是壮盛的，理亏者就是衰老的，何在乎时间的长久？我们若没有楚国的恩惠，到不了今天，退九十里避开他，这就是报答他的好处。若是忘恩失信，只能使他们增加对我们的仇恨，那么，我们理亏，他们理直。他们的士气很旺盛，不能算衰老。我们退了以后，楚国如果也撤回去，那我们还有什么要求？若不撤回，君已经退了，臣还要进犯，那就是他们理亏了。"退了九十里。楚兵正预备停止前进，子玉却不依。夏四月戊辰这一天，晋侯同着宋公还有齐国的国归父和崔夭，秦国的小子慭进驻城濮，楚兵扎营的后面靠着一个丘陵地带名为酅。晋侯踌躇起来，听见大众唱的歌是："野地的草好茂盛呀，旧的不要了，想要新的呀！"文公心里很放不下。狐偃说："战吧！战若胜，必能获得诸侯的推戴，即使不胜，我们国家外面有黄河，里面有太行山，一定不妨事的。"文公说："楚国于我有恩，怎么好？"栾贞子说："汉水北面那些姬姓国家都被楚国灭了，何必还记他这点小的恩惠，而忘记大的耻辱，不如就交战吧！"接着，晋侯梦见和楚

楚实尽之，思小惠而忘大耻，不如战也。"晋侯梦与楚子搏，楚子伏己而盬②其脑，是以惧。子犯曰："吉。我得天，楚伏其罪，吾且柔之矣。"

王相打，楚王伏在他身上，吮咂他的脑汁，所以有点胆怯。狐偃说："这是吉兆。我在下面是我得天，他在上面是他服罪，并且我使他软下来了。"①

---

①据杜注，脑汁是可以使东西变柔软的。

注 释

❶ "鄫"音"携"。

❷ "盬"音"古"，是吮咂的意思。

【原 文】

子玉使斗勃请战，曰："请与君之士戏，君冯①轼而观之，得臣②与寓目焉。"晋侯使栾枝对曰："寡君闻命矣。楚君之惠未之敢忘，是以在此。为大夫退，其敢当君乎？既不获命矣，敢烦大夫谓二三子，戒尔车乘，敬尔君事，诘朝将见。"

【译 文】

子玉派斗勃要求交战，说："愿意同你的兵士较量一番，你可以靠在车板上看看，让我也来参观。"晋侯派栾枝答复他说："我们的国君知道了。楚君的恩惠是不敢忘记的，所以才到这个地方。为了你尚且要退兵，何敢与君为敌呢？既然不蒙许可，那么，请你费心转告贵部，整备你们的战车，认真执行你们国君的任务，明天早晨见面就是。"

注 释

❶ 古"凭"字作"冯"。

❷ 得臣即子玉的名字。

【原文】

晋车七百乘,显、靷、鞅、靽①。晋侯登有莘之虚②以观师,曰:"少长有礼,其可用也。"遂伐其木以益其兵。己巳,晋师陈于莘北,胥臣以下军之佐当陈、蔡。子玉以若敖六卒将中军,曰:"今日必无晋矣。"子西将左,子上将右。胥臣蒙马以虎皮,先犯陈、蔡。陈、蔡奔,楚右师溃。狐毛设二旆而退之。栾枝使舆曳柴而伪遁,楚师驰之。原轸、郤溱以中军公族横击之。狐毛、狐偃以上军夹攻子西,楚左师溃。楚师败绩。子玉收其卒而止,故不败。晋师三日馆谷。……僖公二十八年(公元前六三二年)

【译文】

晋国兵车七百乘①,装备齐全②。晋侯登上莘国的旧城,把全军视察一下,说:"上级和下级各有纪律,总可以用来作战了。"于是把树木砍下来,补充兵器。己巳这一天,晋兵在莘北列阵,晋将胥臣以下军副帅的部下抵御陈、蔡的兵。子玉以若敖氏的六队作为中军,说:"今天晋国就要完了。"子西(斗宜申)统左军,子上(斗勃)统右军。胥臣用虎皮蒙在战马身上,先攻陈、蔡的兵,这两国的兵逃走,楚国的右军就溃散了。狐毛立起两面大旗,表示退兵,栾枝叫车后面拖着木柴,假装逃走,楚兵狂奔追上去,原轸、郤溱以中军公族的队伍从腰中间攻击过来,狐毛、狐偃以上军夹攻子西,楚国的左军也溃散了。楚兵就完全败了。只有子玉收兵不动,所以没有败。晋兵把楚兵遗弃下来的粮食吃了三天。……

①七百乘兵数约为五万三千人。②原文是车马的装备名称,译文略取大意。

说 明

　　城濮之战,是僖公二十八年晋、楚两国在卫国城濮地区进行的争夺中原霸权的首次大战。晋文公兑现当年流亡楚国时许下的"退避三舍"的诺言,令晋军后退,避楚军锋芒。子玉不顾楚成王告诫,率军冒进,被晋军歼灭两翼,楚军大败。城濮一战后,晋文公建立了霸权,楚国北进锋芒受到挫折,被迫退回桐柏山、大别山以南地区。中原诸侯无不朝宗晋国。再之后,晋军进入郑国衡雍,并在践土修筑王的行宫,向襄王献俘。周襄王策命晋文公为"侯伯",晋文公在"尊王"的旗帜下,顺理成章地登上了霸主宝座。晋文公是春秋五霸中第二位霸主,自此开创了晋国长达百年的霸业。

注 释

❶这些都是马身上的皮件。
❷古"墟"字作"虚",即城的旧址。

四

秦晋争霸

导读

秦国在春秋初期是很有野心的,它两次支持晋国的新君回国,都是想巩固自身的势力。另外秦国又想向东发展,可是被郑国的爱国商人识破了诡计,因此受了打击,发展的方向改到西边去了。以后秦国就不甚参与东方列国的事情了。在这里可以看出秦、晋两国势力的消长。

【原文】

九月甲午,晋侯、秦伯围郑,以其无礼于晋,且贰于楚也。晋军函陵,秦军汜南。佚之狐言于郑伯曰:"国危矣,若使烛之武见秦君,师必退。"公从之。辞曰:"臣之壮也,犹不如人,今老矣,无能为也已。"公曰:"吾不能早用子,今急而求子,是寡人之过也。然郑亡,子亦有不利焉。"许

【译文】

九月甲午,因为郑国从前不款待晋君那件事,又因为它心向楚国,所以晋侯、秦伯连兵围郑。晋兵驻在函陵,秦兵驻在汜南。佚之狐向郑伯建议说:"国家危急到这个地步,若派烛之武去见秦君,他们总会撤兵的。"郑君依了他的话去找烛之武,烛之武却不肯,说:"我年轻的时候还不如人家,现在老了,不中用了。"郑君说:"我早不请你出来,急了才来求你,实在是我的错。不过郑国亡了,你也没有好处呀!"于是烛之武才答应了,连夜吊下城去,见了秦伯说:

之，夜缒而出，见秦伯，曰："秦、晋围郑，郑既知亡矣。若亡郑而有益于君，敢以烦执事。越国以鄙远，君知其难也，焉用亡郑以陪邻。邻之厚，君之薄也。若舍郑以为东道主，行李之往来，共其乏困，君亦无所害。且君尝为晋君赐矣，许君焦、瑕，朝济而夕设版焉，君之所知也。夫晋，何厌之有？既东封郑，又欲肆其西封，不阙秦，将焉取之？阙秦以利晋，唯君图之。"秦伯说，与郑人盟，使杞子、逢孙、扬孙戍之，乃还。

子犯请击之，公曰："不可。微夫人①之力不及此。因人之力而敝之，不仁；失其所与，不知②；以乱易整，不武。吾其还也。"亦去之。……僖公三十年（公元前六三〇年）

"秦晋两国围攻郑国，郑国也知道一定要亡国的。假使郑国亡了，于你有益，又何敢劳烦你们？但是越过别人的国境，收得一块远方的属地，大概你也知道是件很困难的事情。那么，何必把郑国灭掉，徒然便宜邻国呢？邻国得了多的，你就变得少了。假使把郑国留下来，做一个东边道上的主人，旅行来往，供应一点需要，对于你并没有害处呀！还有一层，你从前是受过晋君之赐的，他应许你焦、瑕两个地方，早晨刚一渡过黄河，晚上就设起防来，这你是知道的。试问晋国哪有知足的时候？一旦把郑国收入版图，马上又要侵占西边的土地。如果不是秦国吃亏，又从何取得这些地方呢？让秦国吃亏，却让晋国得利，你想想看吧！"秦伯一听，觉得很有道理，就同郑国定盟，派杞子、逢孙、扬孙驻防郑国，自己回去了。

狐偃一看秦国背约，单独对郑国讲和，就想攻击他们，晋文公说："不可，当时若不靠那人的力量，也没有今天。既然靠了他的力量，又趁其疲劳而加以攻击，是不仁；失了帮手，是不智；本来是一致的，现在自己发生混乱，是不武。我们还是回去吧！"因此也就撤兵了。……

说 明

僖公三十年，秦晋围郑。导致事情发生的原因有两点：其一，郑国曾两次得罪晋国，一是晋文公当年逃亡路过郑国时，郑国没有以礼相待，二是晋、楚两国城濮之战中，郑国出兵帮助楚国，结果这场战争以楚国失败告终，后郑国虽然派人出使晋国，试图与晋结好，但最终没有感化晋国；其二，秦、晋两国联合围攻郑国，是因为秦、晋都想争夺霸权，均需要向外扩张，晋国发动对郑国的战争，自然要寻找秦国这样得力的伙伴，秦、晋历史上关系一直很好，所以秦、晋联合也就自然而然了。

注 释

❶夫人之"夫"读作"扶"，夫人就是那人的意思。
❷古"智"字作"知"。

【原文】

杞子自郑使告于秦，曰："郑人使我掌其北门之管，若潜师以来，国可得也。"穆公访诸蹇叔，蹇叔曰："劳师以袭远，非所闻也。师劳力竭，远主备之，无乃不可乎！师之所为，郑必知之。勤而无所，必有悖心。且行千里，其谁不知?"公辞焉。召孟明、西乞、白

【译文】

杞子派人从郑国出使秦国说："郑国人委托我掌管他们都城北门的钥匙，若是偷着过来，立刻可以把它占领。"秦穆公将这件事请教蹇叔，蹇叔说："耗费兵力去袭击远方，我向来没有听见过这种事。劳动兵力，没有后援，远方的主人可能知道了要防备的，恐怕不行吧！我们军队的动静，郑国一定知道，白白劳动一番，人心必不情愿。并且行军千里之远，怎能瞒得过别人?"穆公没有听他的话，叫了孟明、西乞、白乙，从东门外派出兵去。蹇

乙，使出师于东门之外。蹇叔哭之，曰："孟子，吾见师之出而不见其入也。"公使谓之曰："尔何知？中寿，尔墓之木拱矣。"蹇叔之子与①师，哭而送之，曰："晋人御师必于殽②，殽有二陵焉，其南陵，夏后皋之墓也；其北陵，文王之所辟风雨也。必死是间，余收尔骨焉。"秦师遂东。僖公三十二年（公元前六二八年）

叔哭起来说："孟公啊！我看见大军出发，可是看不见他们回来了！"穆公叫人告诉他说："你懂得什么？倘若你只活到中寿①，你坟墓上的树木早已长得两手合抱那么大了。"蹇叔自己的儿子也参军，他哭着送他，说："晋国人抵御我们的兵一定是在殽的地方。殽有两个丘陵，南陵是夏王皋的墓，北陵是文王避风雨的地方。你一定会死在这中间，我不免要去收你的骸骨了！"秦兵就此东进。

---

①古人以百二十岁为上寿，百岁为中寿，八十为下寿。

说 明

秦、晋原是盟国，结成"秦晋之好"。但是，秦国自穆公以来，国势日益强盛，不满于晋为霸主，也有野心称霸中原。僖公三十年，秦、晋两国围郑，郑大夫烛之武机智地拆散了秦晋联盟。秦穆公单独从郑撤兵，让杞子等三人留戍郑国，以防晋军。晋文公因为曾受惠于秦，两国关系没有立即破裂。僖公三十二年，晋文公死，秦穆公悍然出兵袭郑，导致了秦晋殽之战。此时"秦师遂东"，正处于战争的酝酿阶段。

注 释

❶与是参与的意思，读作"预"。
❷殽在今河南三门峡陕州附近。

【原文】

三十三年春，秦师过周①北门，左右免冑而下。超乘者三百乘。王孙满尚幼，观之，言于王曰："秦师轻而无礼，必败。轻则寡谋，无礼则脱。入险而脱。又不能谋，能无败乎？"及滑②，郑商人弦高将市于周，遇之。以乘韦先，牛十二犒师，曰："寡君闻吾子将步师出于敝邑，敢犒从者，不腆敝邑，为从者之淹，居则具一日之积，行则备一夕之卫。"且使遽告于郑。郑穆公使视客馆，则束载、厉兵、秣马矣。使皇武子辞焉，曰："吾子淹久于敝邑，唯是脯资饩牵③竭矣。为吾子之将行也，郑之有原圃，犹秦之有具囿也。吾子取其麋鹿以闲敝邑，若

【译文】

三十三年春天，秦兵经过周的北门外，兵车左右的两人都脱下头盔，下车步行①（这是对周王行敬礼），然后重新跳上车子，经过的兵车一共三百辆。王孙满此时还小，看见了，就对周王说："秦兵轻率无礼②，一定要败。轻率必没有多的谋略，无礼必不整齐，深入险地而不整齐，怎能不败？"走到滑国，郑商人弦高正要往周的境内做买卖，恰好碰见。他就拿出四块熟皮，加上十二只牛，犒劳秦兵，说："我们的国君听说阁下要带兵到敝国来，现在打算犒劳一下你的部下。敝国是很穷的，不过你的部下若要耽搁下来，住呢，我们预备一天的供应，走呢，我们预备一夜的警卫。"一面说，一面派驿使飞驰回郑国报告这个消息。郑穆公知道后，叫人到客馆里一侦察，原来秦国驻留郑地的武士们已经都捆上军装、磨好刀剑、喂饱马匹了。当下派皇武子对他们说："各位在敝国日子久了，我们的供应物资也要用完了。听说各位要走啦，我们郑国有个原圃，正同秦国有个具囿③一样，请各位自己去猎取些鹿来，让敝国可以休息休息，你看怎样？"这样一来，杞子只好奔往齐国，逢孙、扬孙奔往宋国了。孟明说："郑国已经有了准备，没有希望了，攻又攻不下，包围又没有后援，我们回去吧。"灭

何？"杞子奔齐，逢孙、扬孙奔宋。孟明曰："郑有备矣，不可冀也。攻之不克，围之不继，吾其还也。"灭滑而还。……僖公三十三年（公元前六二七年）

掉滑国就回去了。……

---

①古时兵车只载三人，左边一个拿弓，右边一个拿戈矛，御者在中间。若是国君或大将亲自指挥，则御者改在左边。这一次是左右两人下车，御者仍旧居中驾着车走。②据说，按古礼，过天子的城门应该把铠甲和兵器暂时解除。所以他认为仅仅下车行敬礼还是不够恭敬。③原圃、具圃都是可以打猎的地方。

说明

这一段记载着重指出，春秋时代郑国的商业最为发达，郑国商人在政治上已有相当地位。郑国的实力不足，地位也低，所以利用对外贸易来辅助政治外交之所不及。

注释

❶周城在今河南洛阳。
❷滑国在今河南偃师南。
❸饩牵是牛羊之类。

【原文】

晋原轸曰："秦违蹇叔，而以贪勤民，天奉我也。奉不可失，敌不可纵。纵敌患生，违天不祥。必伐秦师。"栾枝曰：

【译文】

晋原轸说："秦国不听蹇叔的话，为了贪心，害得人民受苦，这是天资助我们，天资助的不可失掉，对敌人也不可放松，对敌人放松必生祸患，违天也不祥。必须讨伐秦兵。"栾枝说："秦国的恩惠还没有报答，就

"未报秦施而伐其师，其为死君乎？"先轸曰："秦不哀吾丧而伐吾同姓，秦则无礼，何施之为？吾闻之，一日纵敌，数世之患也。谋及子孙，可谓死君乎？"……败秦师于殽，获百里孟明视、西乞术、白乙丙以归。……

讨伐它的军队，这不是我们的国君一死就背弃他了吗？①先轸说："秦国不哀怜我们有丧事，反而伐我同姓之国②，是秦国自己无礼，还顾什么恩惠？据我所知，放松敌人一天，就会成为几辈子的祸患，我们是为子孙打算，怎么算是国君一死就背弃他呢？"……在殽的地方把秦兵打败了，把百里孟明视、西乞术、白乙丙都俘虏了回来。……

---

①此时晋文公刚死不久。②指灭滑，滑与晋为同姓之国。

说 明

晋在得知秦袭郑未成而还的情况下，讨论是否应该利用这一机会截击秦军。先轸以秦国劳民伤财、傲慢无礼为由，驳斥了以栾枝为代表的反对意见，主张"必伐秦师"，殽之战爆发。晋国由于占据地理优势，又是以逸待劳，致使秦师全军溃败。至此，蹇叔的预言已全部应验，显示了他的远见卓识。

【原文】

文嬴请三帅，曰："彼实构①吾二君，寡君若得而食之，不厌，君何辱讨焉？使归就戮于秦，以逞寡君之志，若何？"公许之。先轸朝，问秦囚。公曰："夫人请之，

【译文】

文公夫人嬴氏①出来替三位大将讲情，说："挑拨两国国君的正是他们几个，我们的国君恨不得要吃他们的肉，何劳你来处理他们？让他们回去秦国问罪，让我们国君心里痛快一下，好不好呢？"襄公②答应了。先轸入朝，问起秦国的俘虏，襄公说："因为夫人（太后）要求，我把他们放走了。"先轸大怒，说："武夫费了多大力气才把他们从战场抓

吾舍之矣。"先轸怒曰："武夫力而拘诸原，妇人暂而免诸国，堕军实而长寇仇，亡无日矣！"不顾而唾。公使阳处父追之。及诸河，则在舟中矣，释左骖②，以公命赠孟明。孟明稽首曰："君之惠，不以累臣衅③鼓，使归就戮于秦，寡君之以为戮，死且不朽。若从君惠而免之，三年将拜君赐。"

秦伯素服郊次，乡师而哭曰："孤违蹇叔以辱二三子，孤之罪也。不替孟明，孤之过也。大夫何罪？且吾不以一眚④掩大德。"僖公三十三年（公元前六二七年）

来，一个女人一下子就在国内把他们放走。毁坏我们的军事实力，助长敌人的气焰，不知道几天就要亡国了。"说话之间，也不顾旁人，就吐起唾沫来。襄公（也后悔起来）就派阳处父去把他们追回，正好在黄河边赶到，他们已经到了船上，于是赶忙解下车左旁一匹马，用晋君的名义，赠送给孟明（指望他上岸来致谢，好再捉住他）。孟明（在船上）叩头说："蒙君恩惠，不用我这俘虏的血来祭鼓，却让我们回到秦国问罪。若我们的国君把我们处死，死也是不朽的。若依照你这样的恩惠而赦免我们，那么，三年之后再来向你道谢吧。"③

秦伯穿上素服，亲自出城，对着回来的军队哭着说："我不听蹇叔的话，害了各位，这是我的过失，不解除孟明的责任④，也是我的错，你们有什么罪呢？而且我也不肯为了一件小错掩没人家的大德。"

①她是秦国人，所以替她本国人说话。②襄公是文公庶出的儿子，不是文嬴亲生。③意思就是三年后再来报仇。④此语意义不明。

说 明

这一段是殽之战的尾声。秦穆公之女、晋文公夫人文嬴请求将孟明等三位秦国主帅放回秦国，得到应允。先轸闻讯赶来，怒唾于朝，表现了一介武士的有胆有识、深谋远虑和对晋国的赤胆忠心。孟明等人回到秦国后，秦穆公并没有杀掉他们，而是勇于自责、承担责任，这预示着秦国并没有彻底失败，秦、晋争霸的新一轮战争又在酝酿之中。

注 释

① 构是挑拨的意思。
② 骖是车旁所驾的马。
③ 衅是用血涂鼓的古代风俗。
④ "眚"音"省",是过失的意思。

【原文】

秦伯伐晋,济河焚舟,取王官,及郊。晋人不出,遂自茅津济,封殽尸而还,遂霸西戎。用孟明也。文公三年(公元前六二四年)

【译文】

秦伯又伐晋①,过了河就把船烧掉,攻取了王官和郊②两个地方,晋国并不出兵,于是从茅津③渡河,把那年在殽战死的尸骸收葬成坟,才回去。从此秦伯就向西戎称霸起来。这都是秦国一直任用孟明的缘故。

①这是第三次了。②也可以解作攻取王官,到了郊外。③地名,在今山西西南,古黄河津渡。

说 明

文公三年,秦晋发生王官之战。秦穆公集中兵力率军攻晋,渡过黄河,攻占王官及郊。晋军坚守城池,拒不出战。秦军遂转由茅津渡河,进至崤山,为当年在殽战死的秦兵收葬。此役中,秦军虽获胜,并深入晋腹地,但并没有能力与晋主力决战。秦穆公有鉴于此,暂将主要战略方向转至西方,尽灭西戎各国。此后,秦国对晋作战,规模均不大,互有胜负。成公十三年,晋秦麻隧之战后,秦国数世不振,从此不再对晋国构成威胁。

五
邲之战

> **导读**
>
> 这一次的战役标志着楚庄王霸业的成功,确定了晋、楚两国在支配列国势力上的均等,同时也表明了列国人民顽强抵抗侵略的决心。至于楚庄王和他的宰相孙叔敖进步性的政治见解,在这里也得到了一定程度的反映。

【原文】

冬,楚子为陈①夏氏乱故,伐陈。谓陈人无动,将讨于少西氏。遂入陈,杀夏徵舒,辕诸栗门,因县陈。陈侯在晋。申叔时使于齐反,复命而退。王使让之,曰:"夏徵舒为不道,弑其君,寡人以诸侯讨而戮之,诸侯、县公皆庆寡人,女②独不庆寡人,何故?"对曰:"犹可辞乎?"王曰:"可哉!"曰:

【译文】

冬天,楚庄王为了陈国夏氏的内乱而伐陈,告诉陈国人不必动作,只是讨伐少西氏(夏氏)一家而已。于是把陈国都城占领,把夏徵舒杀了,在栗门分尸示众。就此把陈国编成楚国的一县①,陈侯就留在晋国了。申叔时正从齐国奉使回来,把任务向庄王报告完毕就退了下去。庄王派人申斥他说:"夏徵舒做了坏事,杀了他的国君,我带了诸侯的兵来讨伐,将他处死,诸侯、县公②都来庆贺我,唯有你不庆贺我,这是什么道理?"他说:"还可以让我说句话来解释吗?"王说:"可以啊!"他就说:"夏徵舒杀了他的国君,罪大是不错

"夏徵舒弑其君，其罪大矣，讨而戮之，君之义也。抑人亦有言曰：'牵牛以蹊人之田，而夺之牛。'牵牛以蹊者，信有罪矣，而夺之牛，罚已重矣。诸侯之从也，曰讨有罪也。今县陈，贪其富也。以讨召诸侯，而以贪归之，无乃不可乎？"王曰："善哉！吾未之闻也。反之，可乎？"对曰："可哉！吾侪小人所谓取诸其怀而与之也。"乃复封陈，乡取一人焉以归，谓之夏州。宣公十一年（公元前五九八年）

的，问他的罪，将他处死，是你的正义行为。但是也有人说：'若有人牵了牛把人家的田地踏坏了，人家就把他的牛夺去。'那牵牛踏坏人家田地的诚然有罪，可是夺去他的牛，惩罚也太重了。诸侯之所以跟从你，为的是你能讨伐罪人的缘故，现在把陈国编成一个县，是因为贪图它的财富，以讨罪号召诸侯，却以贪婪遣散他们，恐怕不好吧！"王说："对呀！可惜我早没有听见这话，现在退还他们可以吗？"他说："可以啊！这就是我们普通人所说的，从人家怀里夺过来，又送还他了。"于是重新恢复陈国，只在每乡取一个人迁回楚国，把他们叫作"夏州"。

---

①从这里可以看出楚国的地方制度，以县为单位，就等于一个小国。这是后来郡县制的萌芽。
②县公就是县的长官。

说 明

楚庄王杀死陈国国君夏徵舒，掳其母夏姬赏赐功臣，却埋下了楚国数世的隐患。楚庄王之弟熊子反、屈巫为了争夺夏姬反目成仇。熊子反与熊子重将屈巫的族人全部处死。已在晋国做了晋景公之邢邑大夫的屈巫，决意灭亡楚国。于是向晋景公献策，促成晋国与吴国结盟，一致对付楚国，楚国接连遭到重创，几乎亡国。后来，楚昭王励精图治，在贤臣国相石奢等正直廉洁之人的辅佐下，楚国重新发展，逐步走向强大。

注释

❶ 陈国都今河南周口淮阳。

❷ 女，古"汝"字。

【原文】

十二年春，楚子围郑。旬有七日，郑人卜行成，不吉。卜临①于大宫，且巷出车，吉。国人大临，守陴②者皆哭。楚子退师，郑人修城，进复围之，三月克之。入自皇门，至于逵路。郑伯肉袒牵羊以逆，曰："孤不天，不能事君，使君怀怒以及敝邑，孤之罪也。敢不唯命是听？其俘诸江南以实海滨，亦唯命；其剪以赐诸侯，使臣妾之，亦唯命。若惠顾前好，徼福于厉、宣、桓、武，不泯其社稷，使改事君，夷于九县，君之惠也，孤之愿之，非所敢望也。敢布腹心，君实图之。"左右曰："不可许也，得国

【译文】

十二年春天，楚庄王围攻郑国都城十七天之久，郑国人打算讲和，就占卜了一下，不吉。又在祖庙聚众哭了一场，而且每一街巷都派出了车辆。这一回占卜却是吉的。于是国人都大哭一场，守城的人也都哭了。楚王一看（也感动了），就让军队撤退，郑国人把城修好。楚国再进兵包围，三个月后，攻下来了。（楚王率领大军举行占领的仪式）从皇门进城，到了大街上，郑伯解开衣服，手牵一只羊出来迎接，说："我得罪于天，不能侍奉你，使你怀怒，到了敝国，这原是我的罪。敢不完全听你的命令吗？把我俘虏到江南，迁到海滨，也随你的意思；把我们灭掉，分给诸侯做臣妾，也随你的意思。若还顾及从前的友谊，沾我们先王先君的余荫，不灭我的国家，让我变成你的九县一般，重新服侍你，那就是你的恩惠，也是我的心愿了。我也不敢这样希望，我只把心里的话都说出来，请你考虑一下吧！"左右的人都说："不要答应他。已经占领一个国

无赦。"王曰:"其君能下人,必能信用其民矣,庸可几乎?"退三十里而许之平。潘尪入盟,子良出质。

家,就不要放弃。"楚王说:"他们的国君既然肯这样屈服,一定是得人心的,怎么可以再贪图呢?"当下退兵三十里,应许讲和。派潘尪进城和郑国订约,郑国也派子良到楚军做人质。

注释

❶ "临"读去声,是聚众而哭的意思。
❷ "陴"音"皮",是城上的短墙。

【原文】

夏六月,晋师救郑。荀林父将中军,先縠佐之。士会将上军,郤克佐之。赵朔将下军,栾书佐之。赵括、赵婴齐为中军大夫。巩朔、韩穿为上军大夫。荀首、赵同为下军大夫。韩厥为司马。

【译文】

夏六月,晋军来援助郑国了。中军正帅是荀林父,副帅是先縠。上军正帅是士会,副帅是郤克。下军正帅是赵朔,副帅是栾书。赵括、赵婴齐是中军大夫。巩朔、韩穿是上军大夫。荀首、赵同是下军大夫。韩厥是军法长。

说明

争郑是晋、楚两国斗争的焦点。在城濮之战时,楚国西面有秦国的威胁,中部有宋国的背叛,让宋国归顺是楚国当时的主要目标,宋国归顺则可控制中原。而在邲之战之前的崤之战后,秦国已与晋国反目,不必再顾虑西方,宋也诚心事楚。唯有郑国受晋的威胁,没有归顺楚国。楚国若能降服郑国,则能封锁晋国南下之路，进而控制中原。所以邲之战前，晋、楚双方围绕郑国展开了长久的争夺。

【原文】

及河，闻郑既及楚平，桓子欲还，曰："无及于郑而剿民，焉用之？楚归而动，不后。"随武子曰："善。会闻用师，观衅而动。德刑政事典礼不易，不可敌也，不为是征。楚军讨郑，怒其贰而哀其卑，叛而伐之，服而舍之，德刑成矣。伐叛，刑也；柔服，德也。二者立矣。昔岁入陈，今兹入郑，民不罢①劳，君无怨讟②，政有经矣。荆尸③而举，商农工贾不败其业，而卒乘辑睦，事不奸矣。蒍敖为宰，择楚国之令典。军行：右辕，左追蓐，前茅虑无，中权，后劲。百官象物而动，军政不戒而备，能用典矣。其君之举也，内姓选于亲，外姓选于旧；举不失

【译文】

走到黄河边，听见郑国已经对楚国讲和，桓子（荀林父）就打算回去，说："已经来不及救郑了，徒然伤害人民，何苦呢？等楚军回去再行动也不迟。"随武子（士会）说："对。据我所知，用兵的道理，是要看机会再行动。如果德、刑、政、事、典、礼六种都没有改动，就不可与之为敌，不要为这样的事情出兵。楚兵讨伐郑国，是愤其背叛而又怜悯其屈服。叛的时候加以讨伐，服从了就把它放了。这已经完成了德、刑两件事。讨伐背叛的人就是刑，安抚服从的人就是德。两样都树立起来了。上年入陈，今年入郑，人民并不疲劳，对于国君也不怨谤，这就是政治有轨道。改组军队之后，农工商业都没有损伤，军队也齐心，这是事务有条理。蒍敖做宰相，选定楚国的优良法制。行军的方法：右边保卫兵车，左边筹备宿营，前面派出斥候，中间发布号令，而以精兵殿后。百官各遵照信号分别行动，军政无须告诫，自然随时齐备，这就是能行法。他们的国君用起人来，内用亲人，外用旧人，所任用的都有相当的品德，所奖励的

德,赏不失劳;老有加惠,旅有施舍;君子小人,物有服章,贵有常尊,贱有等威。礼不逆矣。德立,刑行,政成,事时,典从,礼顺,若之何敌之?见可而进,知难而退,军之善政也。兼弱攻昧,武之善经也。子姑整军而经武乎,犹有弱而昧者,何必楚?仲虺有言曰:'取乱侮亡。'兼弱也。《汋》曰:'于④铄⑤王师,遵养时晦。'耆⑥昧也。《武》曰:'无竞惟烈。'抚弱耆昧以务烈所,可也。"

都有相当的功劳;年老的加给恩赏,旅行的免除赋役;上下的人,衣服器用都有分别,贵的贱的各按等级。这就是不违纪律。德能建立,刑能施行,政能成就,事能合时,典能就范,礼能和顺,怎么能够与之为敌呢?时机合宜就进兵,时机困难就退兵,这是好的军政。衰弱的不妨兼并,愚昧的不妨攻取,这是好的战略。您姑且整顿军队、筹划武备吧!还有弱小而昏暗的国家,为什么一定要进攻楚军?仲虺说:'占取动乱之国,欺侮可以灭亡之国。'说的就是兼并衰弱。《诗经·汋》说:'天子的军队多么威武,率领他们把昏昧的国家占取。'说的就是进攻昏昧。《武》篇说:'武王的功业无比伟大强盛。'安抚衰弱进攻昏昧,以致力于功业所在,这就可以了。"

注 释

❶ "罢"即古"疲"字。

❷ "谮"作"谤"字解。

❸ 荆就是楚国,荆尸是楚国新的军队编制。

❹ 此处"于"字读作"乌"。

❺ 铄,美也。

❻ 此处"耆"字读作"旨",致也。

【原文】

彧子曰："不可。晋所以霸，师武臣力也。今失诸侯，不可谓力；有敌而不从，不可谓武；由我失霸，不如死。且成师以出，闻敌彊①而退，非夫也。命为军师，而卒以非夫，唯群子能，我弗为也。"以中军佐济。知庄子曰："此师殆哉。"……韩献子谓桓子曰："彧子以偏师陷，子罪大矣。子为元师，师不用命，谁之罪也？失属亡师，为罪已重，不如进也。事之不捷，恶有所分，与其专罪，六人同之，不犹愈乎？"师遂济。

【译文】

彧子（先縠）说："晋国之所以能称霸，就是由于军队的勇敢和臣下的努力。今天若失去诸侯的信仰，不能算有威力；有敌而不追踪，不能算勇敢；从我们手里失去霸业，倒不如死还好些。况且既已准备好了出兵，听说敌人势力强大就退兵，这不是大丈夫做的事。我们握有军权，结果却不成一个大丈夫，你们大家可以这样，我却不能。"他单独带着中军副帅的部下径自渡黄河去了。知庄子（荀首）说："这回作战要失败了！"……韩献子（韩厥）对桓子说："彧子若以一部分的军队陷阵而亡，你的罪名可不小了。你身为元帅，军队不听号令，这是谁的罪呢？损失了部下，又打了败仗，罪名更重，不如进兵吧，事若不成，大家也可以分受一些罪名，六个人分担罪名，比一个人独担，不总好一点吗？"于是全军渡河了。

注释

❶彊即古强字。

【原文】

楚子北，师次于郔，沈

【译文】

楚王也往北进，驻兵在郔这个地方。

尹将中军，子重将左，子反将右，将饮马于河而归。闻晋师既济，王欲还，嬖人伍参欲战。令尹孙叔敖弗欲，曰："昔岁入陈，今兹入郑，不无事矣。战而不捷，参之肉其足食乎？"参曰："若事之捷，孙叔为无谋矣。不捷，参之肉将在晋军，可得食乎？"令尹南辕反旆，伍参言于王曰："晋之从政者新，未能行令。其佐先縠刚愎不仁，未肯用命。其三帅者专行不获，听而无上，众谁适从？此行也，晋师必败。且君而逃臣，若社稷何？"王病之，告令尹，改乘辕而北之，次于管以待之。

中军大将是沈尹，左军是子重，右军是子反。原本想只在黄河边饮一饮马就回军。听说晋兵已经渡河，楚王就想回去，他的亲信伍参主战。令尹孙叔敖不赞成，说："上年入陈，今年入郑，太多事了。假使战而不胜，吃掉伍参的肉能抵罪吗？"伍参说："事若成功，孙叔未免主意打错了。若不成功，我的肉到了晋军手里，还有你吃的吗？"令尹就下令将车辕军旗掉头向南。伍参又向王建议："晋国办事的都是些新人物，号令不行，副帅先縠刚愎自用，不肯服从命令。那三个大将各有主意，又不能贯彻，听了他们的话行动，就是不顾最高的指挥，兵士们不知道跟哪个好，这一战晋兵必败。还有一层，你是国君，反而逃避他们的臣子，怎么对得住国家呢？"楚王听了，也觉得这话刺耳。于是和令尹商量，把车辕改向北指，在管这个地方驻扎下来，以待晋兵。

说 明

楚军听说晋军渡过了黄河，在内部也就战与和的问题产生了不同意见。楚庄王想要退兵，他的爱臣伍参主战，令尹孙叔敖主和。孙叔敖下令掉转车头，大旗反向，准备退兵。伍参不断诘问，楚王无言以对，最终命孙叔敖调转车头北上，大军驻扎在管地待命，楚王采纳孙叔敖的意见突袭晋军。

【原文】

晋师在敖、鄗之间。郑皇戌使如晋师,曰:"郑之从楚,社稷之故也,未有贰心。楚师骤胜而骄,其师老矣,而不设备,子击之,郑师为承,楚师必败。"郤子曰:"败楚服郑,于此在矣,必许之。"栾武子曰:"楚自克庸以来,其君无日不讨国人而训之于民生之不易,祸至之无日,戒惧之不可以怠。在军,无日不讨军实而申儆之于胜之不可保,纣之百克,而卒无后。训以若敖、蚡冒,筚路蓝缕,以启山林。箴之曰:'民生在勤,勤则不匮。'不可谓骄。先大夫子犯有言曰:'师直为壮,曲为老。'我则不德,而徼怨于楚,我曲楚直,不可谓老。其君之戎,分为二广,广有一卒,卒偏之两。①右广初驾,数及日中;左则受之,以至于昏。内官序当其夜,以待不虞,

【译文】

晋兵在敖、鄗两山之间。郑国的皇戌派人到晋军营里,说:"郑国之所以服从楚国,实在为的是保全国家,并不是意存离叛。楚兵一下子就打了胜仗,不觉骄傲起来,而且出兵日久,又不设防备,你们起而攻击,郑国的兵跟上去,楚兵是必败的。"郤子说:"把楚国击败,使郑国服从,就在此一举了,一定要答应他。"栾武子说:"楚国自打败庸国以来,它的国君没有一天不把国内人民整编起来,并告诉他们:民生是艰难困苦的,祸事是不知道哪一天要来到的,警惕是一天也不可放松的。在军队中也没有一天不整编军备,告诫他们:打胜仗是不可靠的,纣虽屡次打胜仗,终于绝后。又拿楚国的祖先若敖、蚡冒驾着柴车、穿着破衣开垦山林的事情教训他们,劝诫他们说:'民生注重于勤劳,勤劳就不致缺乏。'这样不能算骄。我们从前的大夫子犯有过一句话:'出兵理直就是气壮的,理亏就是衰老的。'我们自己无德,徒然和楚国寻仇,我们理亏,楚国理直,这样不能算衰老。他们国君的亲兵分为两队,起初是右队驾上车,到正午交班给左队,一直到黄昏。内官再在夜里值班,以防不测,这样不能算没有

不可谓无备。子良，郑之良也。师叔，楚之崇也。师叔入盟，子良在楚，楚、郑亲矣。来劝我战。我克则来，不克遂往，以我卜也。郑不可从。"赵括、赵同曰："率师以来，唯敌是求。克敌得属，又何矣？必从彘子。"知季曰："原、屏②，咎之徒也。"赵庄子曰："栾伯善哉，实其言，必长晋国。"

准备。子良是郑国的贤人，师叔是楚国的贵爵，师叔到郑国订盟，子良到楚国为质，楚郑两国已经很亲密了，现在郑国来劝我作战，无非看我们战胜了就到我们这里来，不胜就到他们那里去，拿我们当占卜一般，他们的话是听不得的。"赵括、赵同说："我们带了兵来到这里，为的就是要发现敌人，只要能把敌人打败，收回属国，还等候什么？一定要依彘子的话。"知庄子说："这两个人真是要坏事的。"赵庄子说："栾伯的话对呀！把他的话贯彻了，一定可以领导晋国。"

说 明

晋军驻扎在敖、鄗。郑国为求生存，希望两国决战，以便择胜而从，特派皇戍为使者，劝晋军对楚作战。对郑国的态度，晋军将佐看法也不同。中军佐先縠主战，赵括、赵同支持先縠意见；而下军佐栾书则主和，赵朔支持他的意见。中军元帅荀林父对此犹豫不决。

注 释

❶此两句是指古时军队编制之法，今难明，故译文亦从略。
❷原即赵括，屏即赵同。

【原文】

楚少宰如晋师,曰:"寡君少遭闵凶,不能文。闻二先君之出入此行也,将郑是训定,岂敢求罪于晋?二三子无淹久。"随季对曰:"昔平王命我先君文侯,曰:'与郑夹辅周室,毋废王命。'今郑不率,寡君使群臣问诸郑,岂敢辱候人?敢拜君命之辱。"彘子以为谄,使赵括从而更之,曰:"行人失辞。寡君使群臣迁大国之迹于郑,曰:'无辟敌。'群臣无所逃命。"

【译文】

楚国的少宰到了晋军营中,说:"我们的国君从小遭遇忧患,不会说话。只知道我们两位先君①屡次在这条路上往来,无非要教训郑国,使其安定,怎敢冒犯你们晋国呢?各位不必在此久留吧!"于是随季(士会)出来答复说:"从前平王吩咐我们先君文侯,说:'同郑国一起,辅佐周室,不可放弃王家的使命。'现在郑国不遵守这话,所以我们的国君派我们来质问郑国,怎敢劳动你们的前哨?你的话太客气了。"彘子觉得这话未免降低身份。叫赵括把它更正过来,说:"刚才是传话的人说错了。我们的国君派我们来是要使你们从郑国撤退,说:'不许退让敌人。'所以我们不能不遵从我们所奉的命令。"

---

①楚成王与楚穆王。

【原文】

楚子又使求成①于晋,晋人许之,盟有日矣。楚许伯御乐伯,摄叔为右,以致晋师,许伯曰:"吾闻致师者,御靡旌摩垒而还。"乐伯曰:"吾闻致师

【译文】

楚王又派人向晋国提议讲和,晋国人答应了,已经择期要定盟了。楚国的许伯做乐伯的车御,摄叔做车右①,要向晋兵挑战。许伯说:"据我所知,挑战的应当把军旗倒下飞奔而去,逼近敌垒,然后回来。"乐伯说:"据我所知,挑战的应当由车左用好的

者,左射以菆②,代御执辔,御下两马,掉鞅而还。"摄叔曰:"吾闻致师者,右入垒,折馘,执俘而还。"皆行其所闻而复。晋人逐之,左右角之。乐伯左射马而右射人,角不能进,矢一而已。麋兴于前,射麋丽龟③。晋鲍癸当其后,使摄叔奉麋献焉,曰:"以岁之非时,献禽之未至,敢膳诸从者。"鲍癸止之,曰:"其左善射,其右有辞,君子也。"既免。

箭射出,代车御执辔,车御下来,把马上的皮件整理一下,然后回来。"摄叔说:"据我所知,挑战的应当由车右冲进敌垒,割下敌人的耳朵,捉些俘虏,然后回来。"于是各按各的说法实行了一番回来。晋兵追了过来,左右张起两角来包围。乐伯左边射马,右边射人,两角都不能进,他的箭只剩下一支了,恰好来了一只大鹿,一箭射去,正中它的背峰。回顾后面追来的是晋国的鲍癸,他就差摄叔拿这只大鹿献给鲍癸,说:"因为不当时令,打野兽的还没有到,就拿这个供你们的膳食吧。"鲍癸就下令停止不追,说:"车左的人善射,车右的人有辞令。他们都是有修养的人。"就此止住了。

———————

①车右是立在兵车右边的人,照例是一个勇士,至于车御,专管驾车,在车的左边。

说 明

楚军洞悉晋军将帅不和,便派使者向晋求和,晋国答应了。但在约定了会盟日期以后,楚军又遣许伯、乐伯、摄叔驾车向晋军挑战,逼近晋军,车右摄叔跳进军垒,杀一人取其左耳,生俘一人而还。晋人分三路追击。楚军求和本为懈怠晋军,挑战则为了试探晋军虚实。

注 释

❶成是和平的意思。

❷菆是好的箭。
❸龟是麋鹿背上的高处，丽是附着的意思。

【原文】

晋魏锜求公族未得，而怒，欲败晋师。请致师，弗许。请使，许之。遂往，请战而还。楚潘党逐之，及荧泽，见六麋，射一麋以顾献，曰："子有军事，兽人无乃不给于鲜，敢献于从者。"叔党命去之。赵旃求卿未得，且怒于失楚之致师者。请挑战，弗许。请召盟，许之。与魏锜皆命而往。郤献子曰："二憾往矣，弗备必败。"彘子曰："郑人劝战，弗敢从也。楚人求成，弗能好也。师无成命，多备何为。"士季曰："备之善。若二子怒楚，楚人乘我，丧师无日矣。不如备之。楚之无恶，除备而盟，何损于好？若以恶来，有备不败。且虽诸侯相见，军卫

【译文】

晋国有个魏锜要求做公族大夫，没有成功，恨极了，希望晋兵打败仗，于是自愿前往挑战，没有答应他，他又自愿奉使，这回答应了。他一去，就提出交战的请求，然后回来。楚国的潘党追他，追到荧泽，他看见有六只大鹿，就射中了一只，拿来回头献给潘党，说："你正忙于军事，恐怕打猎的人来不及供应野兽，就拿这个献给贵部吧。"潘党也就下令不追了。（晋国的）赵旃也是要求做卿而没有成功的人，又痛恨把楚国挑战的人放走，于是也自愿前往挑战，也没有答应他。他自愿约盟，这回答应了，叫他和魏锜同去。郤献子说："两个怀恨的人都到那边去了，不设防必致失败。"彘子说："郑人劝战，既不敢听从。楚人求和，又不能修好。军中没有一定的宗旨，多设防又有什么用处？"士季说："还是设防好些。假使这两个人激怒了楚国，楚国人来迫害我们，那就不定哪一天要打败仗了。还是设防吧！楚国若没有恶意，撤了防再定盟，于和好有什么不利？若是怀恶意而来，我们设了防就不至于失败。并且诸侯相见是

不彻，警也。"彘子不可。士季使巩朔、韩穿帅七覆于敖前，故上军不败。赵婴齐使其徒先具舟于河，故败而先济。

不撤去警卫的。"彘子仍不以为然。士季派了巩朔、韩穿带了七队伏兵在敖山前面，所以上军不败。赵婴齐派他的部下先在黄河中备好船只，所以虽败却能先渡回来。

【原文】

潘党既逐魏锜，赵旃夜至于楚军，席于军门之外，使其徒入之。楚子为乘广三十乘，分为左右。右广鸡鸣而驾，日中而说①。左则受之，日入而说。许偃御右广，养由基为右。彭名御左广，屈荡为右。乙卯，王乘左广以逐赵旃。赵旃弃车而走林，屈荡搏之，得其甲裳。晋人惧二子之怒楚师也，使軘车逆之。潘党望其尘，使骋而告曰："晋师至矣。"楚人亦惧王之入晋军也，遂出陈②。孙叔曰："进之。宁我薄人，无人薄我。《诗》云：'元戎十乘，以先启行。'先人也。《军志》曰：'先人有夺人之

【译文】

再说潘党把魏锜赶走之后，赵旃夜里到了楚国军营，就在营门外面坐下，派他的部下冲进去。楚王把兵车三十辆分成左右两队。右队鸡鸣驾车，正午休息。左队接上，日入休息。许偃做右队的车御，养由基做车右。彭名做左队的车御，屈荡做车右。乙卯这一天，王乘左队的车追赵旃，赵旃把兵车丢下跑到树林里去了。屈荡徒手去和他打斗，抢到了他的战裙。晋国人也顾虑到这两个人会激怒楚兵，就派了特种兵车去迎接。潘党望见车过尘起，就派人飞奔回去报告说："晋兵上来了！"楚国人也深恐国君陷入晋军，立即列阵出来。孙叔说："宁可我们先进逼人家，不要让人家进逼我们。《诗经》上说：'大的兵车十乘，在前开路。'这就是说要抢先。《军志》上说：'抢先就可以控制敌人的心理。'这就是说要进逼人家。"于是下令赶快进兵，兵车和步

心。'薄之也。"遂疾进师，车驰卒奔，乘晋军。桓子不知所为，鼓于军中曰："先济者有赏。"中军、下军争舟，舟中之指可掬也。

队都飞奔上前，乘势压迫晋军。桓子慌得不知道怎么办才好，就在军中打鼓传令说："先渡河（回去）的有赏。"于是中军、下军都抢着上船。船上的人顾不得了，就挥刀砍那些攀住船边的人，以致砍落下来在船里的手指多得成把。

说 明

孙叔敖见晋军来挑战，决意先发制人，命左、中、右三军及楚王亲兵布好阵式，掩袭晋军，晋军被迫仓促应战。

注 释

❶ "说"读如"税"，是解除的意思。
❷ 陈，古"阵"字。

【原文】

晋师右移，上军未动。工尹齐将右拒卒以逐下军。楚子使唐狡与蔡鸠居告唐惠侯曰："不谷不德而贪，以遇大敌，不谷之罪也。然楚不克，君之羞也，敢借君灵以济楚师。"使潘党率游阙①四十乘，从唐侯以为左拒，以从上军。驹伯曰："待

【译文】

此时晋军向右转移，上军还没有动。楚国的工尹齐带着右翼队伍追下军。楚王又派唐狡和蔡鸠居告唐惠侯说："只怪我无德而贪，以致遭遇大敌。不过楚国败了，也是你的耻辱，想托你的福使楚军得以成功。"于是派潘党带了预备队四十辆车随着唐侯，编为左翼，追晋国的上军。驹伯（郤克）说："再等等看吧！"随季说："楚

诸乎?"随季曰:"楚师方壮,若萃于我,吾师必尽,不如收而去之。分谤生民,不亦可乎?"殿其卒而退,不败。

军气正盛。若并力于我,我军就全盘皆输,不如收兵走吧!大家分担点罪过,少死些人,不也可以吗?"于是带着部下殿后。只有他没有败。

说 明

在进击中,楚将潘党所率追击魏锜的四十乘战车加入了唐侯的方阵。晋中军帅荀林父见楚军大举来攻,前有强敌,后有黄河,心中害怕,指挥混乱,中、下军皆溃败。晋上军因有战备,从容退去。此役晋仅上军未败。

注 释

❶游阙是临时补充缺乏的兵车。

【原文】

王见右广,将从之乘。屈荡尸①之,曰:"君以此始,亦必以终。"自是楚之乘广先左。

晋人或以广队不能进,楚人惎②之脱扃③,少进,马还,又惎之拔旆投衡④,乃出。顾曰:"吾不如大国之数奔也。"

【译文】

楚王看见了右队,想要移动过去。屈荡阻止他说:"你起初乘的是左队的车,一定要继续维持,不可更动。"从此以后,因为楚王是在左队得胜的,左队就永远居先了。

晋兵有因为兵车太重走不动的,楚兵教他们把车上的横木卸下,前进几步,马又盘旋起来,又教他们拔去大旗卧倒下来,于是脱险。晋兵回头笑说:"这是因为我们不像你们惯会逃命的缘故。"①

赵旃用他的两匹好马送走他的哥哥和叔

赵旃以其良马二，济其兄与叔父，以他马反，遇敌不能去，弃车而走林。逢大夫与其二子乘，谓其二子无顾。顾曰："赵傁在后。"怒之，使下，指木曰："尸女于是。"授赵旃绥，以免。明日以表尸之，皆重获在木下。

父，自己用别的马回来，（不料）遇见敌人，无法逃脱，就丢下兵车，奔入树林。此时正逢逢大夫和他两个儿子同乘一辆车，他吩咐儿子不要往后看，他儿子往后一看说："赵老在后面。"逢大夫恨极了，叫他们下车，指着一棵树说："你们就死在这里！"他把缰绳交给赵旃，就此逃掉了。第二天到了所标记的树下，两兄弟尸身都在那里找到。②

①这一番话描写两军战士互相戏笑的情形，也表明两国的百姓并没有仇恨。②此节原文意义很不明确，前人都没有满意的解释。

注 释

❶ 尸，止也。

❷ 恭，教也。

❸❹ 扃、衡都是指车上和马身上的横木。

【原文】

楚熊负羁囚知罃。知庄子以其族反之，厨武子①御，下军之士多从之。每射，抽矢，菆，纳诸厨子之房②。厨子怒曰："非子之求而蒲之爱，董泽之蒲，

【译文】

楚国的熊负羁把知罃捉住了。于是知庄子（知罃的父亲）带着家兵去救。驾车的是厨武子，下军的兵士有些跟过去的。知庄子每次射箭，必抽出好的箭装在厨武子的箭袋里，厨武子怪他说："不去找你的儿子，倒舍不得箭，董泽地方的蒲柳①不是用不尽的吗？"知庄子说："不捉到别人的

可胜既乎？"知季曰："不以人子，吾子其可得乎？吾不可以苟射故也。"射连尹襄老，获之，遂载其尸。射公子谷臣③，囚之。以二者还。及昏，楚师军于邲。晋之余师不能军，宵济，亦终夜有声。

儿子，怎么能救得我的儿子呢？我射箭不能随便射呀。"②射掉尹襄老，把他的尸首抢来装在车上。又射公子谷臣，把他捉住。都带了回去。这一天傍晚，楚军驻扎在邲的地方。晋军的残余已经溃不成军，连夜过河，通宵都听得到人声嘈杂。

——————
①蒲柳是做箭的材料。②意思是说要用好箭射一个楚国的重要人物，捉来做人质。

说 明

邲之战是晋、楚争霸中的一次重要战役。楚胜晋败，郑国自然屈从了楚国。楚庄王为控制整个中原，又进击宋国。宣公十四年，楚庄王出师伐宋，经九个多月的围困，宋国陷入绝境，达到了"易子而食，析骨以爨"的程度。而晋不能相救，遂宋于次年三月力尽降楚。宋降楚后，鲁也转而依附楚国。楚又与齐通好。此时中原完全落入楚国的掌握之中，楚庄王如愿以偿地取得了中原霸权。

注 释

❶厨武子即魏锜，食邑于厨。
❷房是箭袋的意思。
❸楚王之子。

【原文】

丙辰，楚重至于邲，遂次于衡雍。潘党曰："君

【译文】

第二天，楚军辎重队方才赶到邲，于是驻扎在衡雍①。潘党对楚王说："你何不

盍筑武军，而收晋尸以为京观①。臣闻克敌必示子孙，以无忘武功。"楚子曰："非尔所知也。夫文，止戈为武。武王克商。作《颂》曰：'载戢干戈，载櫜弓矢。我求懿德，肆于时夏，允王保之。'又作《武》，其卒章曰：'耆定尔功。'其三曰：'铺时绎思，我徂求定。'其六曰：'绥万邦，屡丰年。'夫武，禁暴、戢兵、保大、定功、安民、和众、丰财者也。故使子孙无忘其章。今我使二国暴②骨，暴矣；观兵以威诸侯，兵不戢矣。暴而不戢，安能保大？犹有晋在，焉得定功？所违民欲犹多，民何安焉？无德而强争诸侯，何以和众？利人之几而安人之乱，以为己荣，何以丰财？武有七德，我无一焉，何以示子孙？其为先君宫，告成事而已。武非吾功也。古

建筑一座军营，把晋军的死尸收集起来，堆成一个京观呢？据我所知，打败了敌人，总要留个纪念给子孙，让他们不忘记今天的武功。"楚王说："这是你所不懂的。照字形讲，'武'字是'止''戈'两个字组成的。所以能止戈才是武。武王灭商之后，作《颂》诗说：'藏起干戈，收起弓箭，我又求有德之人光大起来，才能做君王保天下。'又作《武》诗，最后一章说：'把这次的功业稳定起来。'第三章说：'他能宣布教化，我就归往他以求安定。'第六章说：'安抚万邦，屡召丰年。'说到武力，原是为了要制止强暴，解除兵备，保持宽大，稳定功业，安抚人民，和睦率众，加强生产。所以要使子孙不忘记这些诗。现在我们使两国的人民遭受死伤，这已经是强暴了。炫耀自己的武力来威胁列国，这已经不能解除兵备了。既然强暴而不能解兵备，又怎能保持宽大？晋国依然还在，怎见得功业稳定？违反人民愿望的事还很多，人民何尝能安定？自己无德以服人，还要强迫诸侯归顺我，怎能和睦率众？利用别人的危乱来谋自己的光荣，怎能加强生产？武王有此七德，我一样也没有，拿什么来示子孙？那么，还不如盖一所先君的庙，把今天的成功祭告一番就是了！武力也不是我的功业。古时贤明的君王讨伐不守法纪的人，把最大的恶人（鲸鲵）杀

者明王伐不敬，取其鲸鲵③而封之，以为大戮，于是乎有京观，以惩淫慝。今罪无所，而民皆尽忠以死君命，又可以为京观乎？"祀于河，作先君宫，告成事而还。

了示众，掩埋起来，于是做京观以警戒邪恶。现在罪名既没有，而人民都是为君命而尽忠以死的，又做什么京观呢？"于是祭祀河神，造先君的庙，祭告一番成功的经过，就回去了。

———————

①上次交战，晋文公也驻在此地，在今河南原阳县。

说 明

楚军的胜利，在于作战指导更高一等。楚庄王亲自统率楚军，指挥集中统一，不像晋军那样各自为政。楚国在战前一再遣使侦察晋军的虚实，并伴作求和以争取政治上的主动和松懈晋军的防卫。在作战中，又通过挑战、应战，由小战变为大战，迅速展开奇袭突击行动，一举击溃晋军。

注 释

❶"观"读去声，京观是收葬敌军尸骸而筑成的高台。
❷暴，即古"曝"字。
❸鲸鲵是大鱼名，比喻恶人。

【原文】

秋，晋师归，桓子请死，晋侯欲许之。士贞子谏曰："不可。城濮之役，晋师三日谷，文公犹有忧色。左右曰：

【译文】

到了秋天，晋兵回国，桓子自请处死。晋侯打算答应他了。士贞子加以劝阻说："不可以。那回城濮的战事，晋兵吃了楚军三天的粮食，文公还脸上带着

'有喜而忧，如有忧而喜乎？'公曰：'得臣犹在，忧未歇也。困兽犹斗，况国相乎！'及楚杀子玉，公喜而后可知也，曰：'莫余毒也已。是晋再克而楚再败也。'楚是以再世不竞。今天或者大警晋也，而又杀林父以重楚胜，其无乃久不竞乎？林父之事君也，进思尽忠，退思补过，社稷之卫也，若之何杀之？夫其败也，如日月之食焉，何损于明？"晋侯使复其位。宣公十二年（公元前五九七年）

心事。左右的人问他：'应当欢喜的事，反而忧愁，难道应当忧愁的事，反而欢喜吗？'文公说：'得臣还在，不能放下心事呀！一头野兽被困住了还要挣扎，何况一国执政的人呢？'后来楚国杀了子玉，文公方有喜色，说：'再没有人害我了，现在算是晋国又胜了一次，楚国又败了一次了。'因为这样，楚国两代都不能兴起来。现在也许是天意要警戒晋国一番，若把林父杀掉，那就等于叫楚国再得一次胜，恐怕我们要长久衰弱下去了！林父替你办事，积极方面总想竭尽心力，消极方面也总想补救过失，正是国家的柱石，怎可以杀他呢？他这次的失败，不过像日食月食一般，何尝妨碍他的光明？"晋侯就叫桓子复职了。

说 明

邲之战的失败，虽使晋在与楚的争霸中暂处下风，但并未损害晋国元气，所以晋国仍然有力量与楚对抗，两国的争霸战争在新的条件下重新展开。

六
华元与向戌

导读

宋国的处境比郑国更为艰难。它是夹在齐、晋、楚三个大国之间的,而且又无险可守,所以宋国人更能感受到战争的痛苦。然而靠着人民英勇坚毅的奋斗,无论何国都不敢侵犯他们的国土。一方面保障了自己的安全,一方面维持列国的和平共处,这就是春秋中期宋国执政者的卓越成就。

【原文】

楚子使申舟聘于齐,曰:"无假道于宋。"亦使公子冯聘于晋,不假道于郑。申舟以孟诸之役恶宋,曰:"郑昭宋聋,晋使不害,我则必死。"王曰:"杀女,我伐之。"见犀而行。及宋,宋人止之,华元曰:"过我而不假道,鄙我也。鄙我,亡也。杀其使者必伐我,伐我,亦亡也。亡一也。"乃

【译文】

楚王派申舟到齐国去聘问,吩咐他不许向宋国通知假道。又派公子冯到晋国去聘问,也不许向郑国通知假道。可是申舟从前在孟诸得罪过宋国,所以说:"郑国是明白的,宋国是糊涂的,到晋国去的使者不会被害,我却要被他们害死了。"王说:"他们果真杀了你,我必讨伐他们。"于是他把儿子申犀带了见王,托付一番才去。到了宋国,宋国人果然把他扣留了。华元说:"经过我们的地方,不向我们通知假道,那是把我们当属国看待了,当属国看待,是亡国。杀了他的使者必然来讨

杀之。楚子闻之,投袂而起,屦及于窒皇,剑及于寝门之外,车及于蒲胥①之市。秋九月,楚子围宋。宣公十四年(公元前五九五年)

伐我们,也是亡国。亡总是一样的。"竟然把他杀了。楚王听见这个消息,立刻拂袖而起,到寝室门口才穿上鞋,到寝宫门外才挂上剑,到大街上才乘上车,就此去围攻宋国了。

注 释

❶窒皇及蒲胥两个名词都没有正确的解释。

【原文】

夏五月,楚师将去宋。申犀稽首于王之马前,曰:"毋畏知死而不敢废王命,王弃言焉。"王不能答。申叔时仆①,曰:"筑室反耕者,宋必听命。"从之。宋人惧,使华元夜入楚师,登子反之床,起之曰:"寡君使元以病告,曰:'敝邑易子而食,析骸以爨。虽然,城下之盟,有以国毙,不能从也。去我三十里,唯命是听。'"子反

【译文】

五月,楚军攻了几个月,仍然攻不下来,已经预备撤走,申犀在楚王的马前叩起头来说:"毋畏(申舟)知道一定会死,都不敢不遵王的命令,现在你倒不顾前言了。"楚王无言可答,申叔时此时正做车御,就说:"我们在这里建筑起房屋来,并且把应当种田的人打发回去,宋国人知道我们预备久围,自然会听命了。"照他的话办,宋国人果然害怕起来。就使华元夜晚偷进楚国军营,直入子反的卧室,把子反从床上拉起来,说:"我们国君叫我来说明我们的痛苦:'敝国人交换着吃孩子的肉,砍骸骨当柴烧了。即使这样,若叫我们做城下之盟,纵使全国人都死尽了,也不行。若是肯撤兵三十里,那就无不依从。'"子反当时被他要挟

惧，与之盟而告王。退三十里。宋及楚平，华元为质。盟曰："我无尔诈，尔无我虞。"宣公十五年（公元前五九四年）

住了，也害怕起来，只得和他定了口头的盟誓，把这事报告了楚王，果然撤兵三十里，宋国就向楚国求和了。华元自己做了人质。盟誓的话是："我们绝不欺骗你们，你们也不要提防我们。"

说 明

这一段记载指出，宋国虽弱小但颇有骨气，在大兵压境、危在旦夕的时刻，华元不惜单人匹马，冒着生命危险，去替国家争取地位，不愧为春秋时代杰出的人才。

注 释

❶仆就是驾车的意思。

【原文】

宋华元善于令尹子重，又善于栾武子。闻楚人既许晋籴伐成，而使归复命矣。冬，华元如楚，遂如晋，合晋、楚之成。成公十一年（公元前五八〇年）

【译文】

宋华元与楚国的令尹子重有私交，与晋国的栾武子也有私交，听说楚国已经对晋国代表允许结成和约，华元就亲身去楚国访问，然后到晋国访问，促成晋、楚的和约。

说 明

晋国、楚国两个大国之间连年征战，各自损失极为惨重。宋卿华元得知晋、楚两国有谋求媾和之意,就主动出来斡旋,促成晋、楚结盟。华元不但与晋国执政卿栾武子是好朋友,也和楚国令尹子重交好。在知道晋楚互派使臣之后,就在这一年的冬天奔走于晋、楚之间,以调解两国的关系,终于促成晋楚和平相处。

【原文】

宋华元克合晋、楚之成。夏五月①,晋士燮会楚公子罢、许偃。癸亥,盟于宋西门之外,曰:"凡晋、楚无相加戎,好恶同之,同恤菑②危,备救凶患。若有害楚,则晋伐之。在晋,楚亦如之。交贽往来,道路无壅,谋其不协,而讨不庭。有渝此盟,明神殛之,俾队其师,无克胙③国。"……成公十二年(公元前五七九年)

【译文】

事情办成了……①就在宋国都城西门会见定盟,盟誓的话是:"晋、楚两国不要再动兵;双方采取一致态度;若有灾难,互相救济;若其他国家危害楚国,晋国应当加以讨伐。在晋国方面,楚国也同样办理。使节往来,不加妨碍,若有争执,共同协商,谁敢不服,共同问罪。任何一方违反此次盟誓,必受神诛,使其战败不能享国。"……

①时间人名已见原文,译文从略。

说 明

华元是利用宋国的地理位置来促成晋、楚和平的第一人,他善于运用外交手段,把两国多年对抗的局势暂时缓和下来。但是不过五年,晋楚两国又因为争取郑国的服从,引起另一次大战,即鄢陵之战。

注释

❶ 此时是周历的五月,就是夏历的三月,正是春耕的时候。
❷ "蠹"与"灾"音义均同。
❸ "胙"作"享"字解。

【原文】

宋向戌善于赵文子,又善于令尹子木,欲弭诸侯之兵以为名。如晋,告赵孟。赵孟谋于诸大夫,韩宣子曰:"兵,民之残①也,财用之蠹②,小国之大灾也。将或弭之,虽曰不可,必将许之。弗许,楚将许之,以召诸侯,则我失为盟主矣。"晋人许之。如楚,楚亦许之。如齐,齐人难之。陈文子曰:"晋、楚许之,我焉得已。且人曰弭兵,而我弗许,则固携③吾民矣!将焉用之?"齐人许之。告于秦,秦亦许之。皆告于小国,为会于宋。五月甲辰,晋赵武至于宋。丙午,郑良霄至。

【译文】

宋国的向戌和晋国的赵文子(赵武)有私交,又和楚国的令尹子木(屈建)有私交,打算终止列国的战争以增进自己的声望。到晋国和赵孟(赵武)谈了之后,赵孟就和诸大夫商量。韩宣子(韩起)说:"战争是残害人民的,是耗费钱财的,对于小国,简直是巨大的灾祸。若有人主张停战,即使办不到,也一定要赞成。我们不赞成,楚国就会赞成,向列国号召,那我们就失去盟主资格了。"于是晋国人表示赞成。再到楚国,楚国也赞成。到了齐国,齐国人却为难起来。陈文子说:"晋、楚都赞成了,我们怎能不赞成?人家讲的是止兵,而我们不赞成,那就是背离人民,这有什么好处?"齐国人也就赞成了。又通知秦国,秦国也赞成。再一律通知小国,在宋国开一次大会。五月甲辰,晋国的赵武到了宋国。第三天郑国的良霄到了。第四天宋国人请赵文子赴宴,叔向为次宾,司马置折俎①,这是合于礼六月，丁未朔，宋人享赵文子，叔向为介。司马置折俎，礼也。仲尼使举是礼也，以为多文辞。戊申，叔孙豹、齐庆封、陈须无、卫石恶至。甲寅，晋荀盈从赵武至。丙辰，邾④悼公至。壬戌，楚公子黑肱先至，成言于晋。丁卯，宋向戌如陈，从子木成言于楚。戊辰，滕成公至。

的。孔子曾经叫人把这次的礼节记了下来，因为其中富有辞令②。第五天鲁国的叔孙豹、齐国的庆封、陈国的须无、卫国的石恶都到了。第十一天晋国的荀盈在赵武之后也到了。第十三天邾悼公到，第十九天楚国的公子黑肱先到，征求晋国的意见，第二十四天宋国的向戌到陈国，找子木征求楚国的意见，第二十五天滕成公到。

---

①置折俎，据说是将已割的肉放在木盘里，是古时宴会的一种礼节。②此事内容现在已经失传。

说 明

华元斡旋的第一次"弭兵"结盟，因时机还未成熟，很快破裂。但促使晋、楚两国息兵的因素，却在继续发展：晋国内部斗争加剧；吴国势力强大，对楚构成威胁；各中小国厌战情绪增长等。所以，在华元"弭兵"后的第三十三年，由宋国人向戌出面活动"弭兵"，并获得成功。

注 释

❶残害人民的意思。
❷木中虫，此处指耗费。
❸携是叛离的意思。
❹邾国即后来的邹国，都今山东滨州邹平东南。

【原 文】

子木谓向戌："请晋、楚之从交相见也。"庚午，向戌复于赵孟。赵孟曰："晋、楚、齐、秦，匹也。晋之不能于齐，犹楚之不能于秦也。楚君若能使秦君辱于敝邑，寡君敢不固请于齐？"壬申，左师复言于子木。子木使驿谒诸王，王曰："释齐、秦，他国请相见也。"秋七月戊寅，左师至。是夜也，赵孟及子晳盟，以齐言。庚辰，子木至自陈，陈孔奂、蔡公孙归生至，曹、许之大夫皆至，以藩为军。晋、楚各处其偏。伯夙谓赵孟曰："楚氛甚恶，惧难。"赵孟曰："吾左还，入于宋，若我何？"

【译 文】

子木对向戌表示，希望凡是随从晋、楚两国的列国都互相朝见。第二十七天向戌把这些话告诉赵孟，赵孟说："晋、楚、齐、秦是同等地位的，晋国不能强迫齐国，正犹楚国不能强迫秦国，楚君若能使秦君光临敝国，我们的国君又何敢不坚持请齐君朝楚？"第二十九天左师（向戌）再向子木回复，子木派驿使回去请示楚王，王说："把齐、秦两国除外不算，和其余各国相见吧。"第三十三天向戌到了。这天夜里，赵孟和子晳（公子黑肱）定好了盟词，第三十五天子木从陈国到了，陈国的孔奂，蔡国的公孙归生和曹、许两国的大夫也都到了。各国都搭上篱笆做军营，晋、楚两军各归各的方向。伯夙告诉赵孟："楚军的气氛很不好，恐怕要闹乱子。"赵孟说："我向左一转就可以进入宋城，他将奈我何？"

说 明

晋、楚、齐、宋、卫、郑、鲁、陈、邾、滕、许、蔡等侯国的卿大夫和小国君主在宋都商丘会盟，秦国虽然同意弭兵，但没有出席会议。在会上，楚国首先提出"晋、楚之从，交相见"的要求。这就是说，原先分别从属晋、楚的中小国家，要互相朝见。但是恢复和平的朝见时，两大国的属国没有全部朝见对方，晋国拒绝让齐国朝见楚国。最后商定，齐、秦两国除外，其他各国都须

"交相见",当时如果不是晋、楚两国势均力敌,这种现象是不会出现的。

【原文】

辛巳,将盟于宋西门之外,楚人衷甲①。伯州犁曰:"合诸侯之师,以为不信,无乃不可乎?夫诸侯望信于楚,是以来服。若不信,是弃其所以服诸侯也。"固请释甲。子木曰:"晋、楚无信久矣,事利而已。苟得志焉,焉用有信?"大宰退,告人曰:"令尹将死矣,不及三年。求逞志而弃信,志将逞乎?志以发言,言以出信,信以立志,参以定之。信亡,何以及三?"赵孟患楚衷甲,以告叔向。叔向曰:"何害也?匹夫一为不信,犹不可,单毙其死。若合诸侯之卿,以为不信,必不捷矣。食言者不病,非子之患也。夫以信召人,而以僭济之。必莫之与也,安能害我?且吾因宋以守病,则夫能致死,与宋致死,虽倍楚可也。子何惧焉?

【译文】

第三十六天,预备在宋国西门之外定盟了。楚国人都暗穿铠甲。伯州犁说:"召集列国的军队,做出不守信的事来似乎不好吧。列国都仰仗楚国守信,所以才来归附,假如不守信,那就失去使列国归附的资格了。"再三请他解去铠甲。子木说:"晋、楚不讲信义,不止一天了,只要于事有利而能得意,何在乎有信?"太宰(伯州犁)下去告诉别人说:"令尹要死了,等不到三年了。想要快意而放弃信义,果真能够快意吗?由意发言,由言出信,由信再立志,三者是互相联系的。信若丧失了,怎能等到三年呢?"赵孟为楚国人暗穿铠甲这件事担心,告诉叔向,叔向说:"有什么要紧?一个平民只要做一次不守信的事,尚且不可,必会完全颠覆以死。至于集合列国的卿相做出不守信的事,一定不会成功的,自食其言的岂止病害而已?你用不着担心。以信召人,而成之以虚妄,一定不得人心,又何能害我?并且我们若真受害,则靠宋国来防守,必能为我尽力,有了宋国为我尽力,就是比楚国多一倍的力量也不难

又不及是。曰弭兵以召诸侯，而称兵以害我，吾庸多矣，非所患也。"襄公二十七年（公元前五四六年）

的。你怕什么？何况还不至于此。既然号称息兵以召集列国，而又用兵害我，实际上我之所得已经很多了，不必担心。"

说 明

宋向戌是华元政策的继承人，他也运用外交手段以求解决春秋中期列国的多年痛苦。看他号召列国，往来折冲，确有主持公道、两面调停的态度，虽然楚国还是不能推心置腹，但是从此以后，小国只需分别前往晋、楚聘问，不再轮流受他们的侵略。一直到春秋末期，晋、楚交兵的旧事也未重演，不能不说是向戌苦心的收获。同时在他们的辞令中，也可以反映出当时人民是极其厌恶侵略性的战争而渴望和平的。

注 释

❶衷甲是衣服里面暗藏铠甲兵器的意思。

七
鞍之战

> **导读**
>
> 这次战事，近因是晋国代表在齐国受辱，远因在于晋国被楚国打败之后，有失去霸权的危险，虽不能直接与楚争锋，却想另辟蹊径，挽救威望，争取鲁、卫等二等国家的归附。不过从此以后，这些国家都只是观望形势，在晋、楚之间两方面讨好而已。晋楚两国霸权互为消长，就是这样形成的。
>
> 在这篇记载中，可以看出列国的人保卫国家的忠勇机智。宾媚人外交手腕的巧妙，更是值得赞扬的。

【原文】

晋侯使郤克征会于齐。齐顷公帷妇人，使观之。郤子登，妇人笑于房。献子怒，出而誓曰："所不此报，无能涉河。"献子先归，使栾京庐待命于齐，曰："不得齐事，无

【译文】

晋侯派郤克出使齐国，征召齐国赴会，齐顷公预先在内室挂上帷帐，叫妇人在里面张望，郤克一上台阶，妇人（看见他一跛一跛地）就哗然大笑①，献子（郤克）大怒之下，出来就发誓说："此仇不报，再也不渡黄河向东来了。"于是先行回国，留栾京庐在齐国等消息，告诉他说："你若得不到齐国的情报，就不用再回来。"郤克一回晋国，就建议伐齐，晋侯不听他的话，他又请求带自己的家兵去打，也不应允（因为知道他为的是私仇）。……

复命矣。"郤子至,请伐齐,晋侯弗许。请以其私属,又弗许。……宣公十七年(公元前五九二年)

①这件事《公羊》《穀梁》两传都有记载,《穀梁》说是成公元年的事,《公羊》说是成公二年的事。两传都说各国代表有跛子有瞎子,齐国派跛子招待跛子,瞎子招待瞎子,而齐顷公的母亲萧同叔子窥看他们大笑起来。当时列国的代表就在门口谈了许久的话。齐国人知道这事,都说祸事要从此起来了。萧同叔子是这回闯祸的人,《左传》在此处没有说明白,以下的记事就不很清楚,这是应当补充的。

说 明

宣公十六年,晋在消灭赤狄以后,想在断道(今山西长冶沁县东北)召开诸侯大会。次年春,晋侯派大夫郤克出使齐国,征召齐国赴会。齐顷公侮慢郤克,郤克回国后时刻准备报复齐国,而齐顷公又拒绝参加断道之会,这就为晋国伐齐找到了借口。晋、齐鞍之战由此爆发。

【原文】

……孙桓子还于新筑,不入,遂如晋乞师。臧宣叔亦如晋乞师。皆主郤献子。晋侯许之七百乘。郤子曰:"此城濮之赋也。有先君之明与先大夫之肃,故捷。克于先大夫,无能为役,请八百乘。"许之。郤克将中军,士燮佐上军,

【译文】

……卫国的孙桓子回到新筑①,没有进都城,就到晋国去要求派兵,鲁国的臧宣叔也到晋国去要求派兵(因为两国都受到齐国的侵略),都依赖郤克做主②。这回晋侯答应派出兵车七百乘(五万多人)。郤克说:"城濮一战是这样的兵数,由于先君的贤明、先大夫的整肃,所以能战胜。我是比不上先大夫的,请派八百乘吧!"晋侯也允许了。郤克统中军,士燮统上军,栾书统下军,韩厥为军法长,来救鲁、卫。臧宣叔迎

栾书将下军，韩厥为司马，以救鲁、卫。臧宣叔逆晋师，且道之。季文子帅师会之。及卫地，韩献子将斩人，郤献子驰，将救之，至则既斩之矣。郤子使速以徇，告其仆曰："吾以分谤也。"师从齐师于莘。

接晋军，并且做向导，（鲁国的）季文子带了兵来加入。进到卫国地界，韩厥正要杀人，郤克飞跑过去想阻止他。等他跑到，人已经被杀了。于是郤克叫人赶快拿来示众，告诉他的车御说："我情愿和他分担责任来受批评。"联军遂向莘的地方进逼齐军。

---

①卫国的执政孙桓子也新近为齐军所败。②此时郤克正执掌晋国的政权。

说 明

齐在桓公以后，虽然失去霸权，但仍不失为东方大国，独立于晋、楚、秦三强之外，屡次兴兵侵卫、侵鲁，在东方扩张势力。晋、楚双方出于争霸战争的需要，都想与齐国交好。在邲之战后，晋国势力削弱，这就助长了齐国称霸东方，欲与晋国一较高下的野心。

【原文】

六月壬申，师至于靡笄之下。齐侯使请战，曰："子以君师，辱于敝邑，不腆敝赋，诘朝请见。"对曰："晋与鲁、卫，兄弟也。来告曰：'大国朝夕释憾于敝邑之地。'寡君不忍，使群臣请于大国，无令

【译文】

六月壬申这天，联军到了靡笄山下。齐侯派人要求交战，说："你带了军队到敝国来，我们也稍微有点兵力，明天早晨见面如何？"回答说："晋与鲁、卫是兄弟之国①，他们来说：'贵国（齐国）天天到那里来寻仇。'我们的国君实在心里不忍，所以叫我们来向贵国请求一下。不要让我军久留贵地。我们只能前进，不能后退，倒也不消你吩咐！"

舆师淹于君地。能进不能退，君无所辱命。"齐侯曰："大夫之许，寡人之愿也，若其不许，亦将见也。"齐高固入晋师，桀石以投人，禽之而乘其车，系桑本焉，以徇齐垒，曰："欲勇者贾①余余勇。"癸酉，师陈于鞌。邴夏御齐侯，逢丑父为右。晋解②张御郤克，郑丘缓为右。齐侯曰："余姑翦灭此而朝食。"不介马而驰之。郤克伤于矢，流血及屦，未绝鼓音，曰："余病矣！"张侯曰："自始合，而矢贯余手及肘，余折以御，左轮朱殷③，岂敢言病？吾子忍之！"缓曰："自始合，苟有险，余必下推车，子岂识之？然子病矣！"张侯曰："师之耳目，在吾旗鼓，进退从之。此车一人殿之，可以集事，若之何其以病败君之大事也？擐甲执兵，固即死也。病未及死，吾子勉

齐侯说："你答应，固然是我所愿意的，你不答应，也是要见面的。"齐国的高固冲进晋军，挑起石头来向人掷去，把那人捉住，乘上他的兵车回去，还在车后面拴上一根桑树根，走遍齐军营垒号召一番，说："我的勇气还多余着呢，谁想买过去就来买吧！"第二天，在鞌的地方列阵，齐侯的车御是邴夏，车右是逢丑父；郤克的车御是解张，车右是郑丘缓。齐侯说："等我把敌人杀尽，再吃早饭不迟。"连马身上的铠甲都不曾穿上，就直奔上前。郤克受了箭伤，血直流到鞋子，鼓声还不停止②。他说："我真痛苦呀！"解张说："从开始交战时，我手上已经受了箭伤，连到肘上，我把箭折断，流的血把车的左轮都染红了，都没有说痛苦，请你忍一忍吧！"郑丘缓说："从开始交战时，遇着难走的地方，都是我下来推车的，你知道吗？不过你也真痛苦了。"解张说："全军都靠我们的旗鼓做耳目，这一辆车只要有一个人来坐镇，也还可以成功，怎么可以为了痛苦败坏了国君的大事？我们穿上铠甲，拿起兵器，原是准备战死的。现在不过感到痛苦，还没有死，你振作一下吧！"于是把缰绳并在左手，右手拿过鼓槌又打，马奔腾起来，控制不住，全军也都跟上前，把齐军打得大败，围

之!"左并辔,右援枹而鼓,马逸不能止,师从之。齐师败绩。逐之,三周华不注。

着华不注山追了三周。

---

①晋、鲁、卫都是姬姓之国,故称兄弟之国。
②古代作战时元帅亲自打鼓作为号令。

说 明

齐闻晋军出,即退却,晋军追至莘地(在今山东聊城莘县北)。后晋军又追至靡笄山下(今山东济南市之千佛山),与齐军形成对峙的局面。次日,晋、齐两军对阵于鞍。晋大军跟进,冲锋不止,齐军大败。晋军一路追击,绕行华不注山三圈。

注 释

❶"贾"读作"古",就是买的意思。
❷"解"读作"蟹"。
❸"殷"读作"烟",红黑色也。

【原文】

韩厥梦子舆谓己曰:"且辟左右。"故中御而从齐侯。邴夏曰:"射其御者,君子也。"公曰:"谓之君子而射之,非礼也。"射其左,越于车下;射其右,毙

【译文】

从前韩厥梦见他父亲告诉他不要位居左右,因此他在追齐侯的时候是在兵车中间做车御的。邴夏说:"他们的车御是个'上等人',射他吧!"齐侯说:"既然是个'上等人',而又射他,不合于礼。"于是射左边的人,把他射中,掉下车来了;又射右边的人,也射中了,倒在车中。此时

于车中。綦毋①张丧车，从韩厥曰："请寓乘。"从左右，皆肘之，使立于后。韩厥俛②，定其右。

綦毋张的兵车没有了，找到韩厥说："想搭你的车。"綦毋张立在车的左右，韩厥都不允许，用肘推他到后面去。韩厥低着头把受伤的车右安顿好。

注　释

❶ "綦毋"读作"其无"。
❷ "俛"与"俯"同。

【原文】

逢丑父与公易位，将及华泉，骖絓于木而止。丑父寝于轏①中，蛇出于其下，以肱击之，伤而匿之，故不能推车而及。韩厥执絷马前，再拜稽首，奉觞加璧以进，曰："寡君使群臣为鲁、卫请，曰：'无令舆师陷入君地。'下臣不幸，属当戎行，无所逃隐。且惧奔辟而忝两君，臣辱戎士，敢告不敏，摄官承乏。"丑父使公下，如华泉取饮。

【译文】

在这个当口，逢丑父就与齐侯换了一个位置，正跑到华泉，车旁边的一匹马被路旁树木绊住不能动了。原来逢丑父先在一辆篷车里面睡觉，上来一条蛇，他用膀臂一击，受了伤，又不肯告诉人，到这时候，因为不能下来推车，被晋兵追上了。当下韩厥在马前抓住缰绳，行了个再拜稽首的敬礼，取一杯酒，配上玉璧，送给齐侯（逢丑父此时正假充齐侯）说："我们的国君派我们替鲁、卫两国讲情，说：'不要让大军陷在贵地。'我不幸身任军事，无可逃避，而且恐怕临事脱逃正足以为两君之羞，我忝为一个军人，不得不承认自己无才，现在暂时代替你们的执事人员吧。"这话说完，逢丑父就叫（真的）齐侯下车去到华泉弄点水来喝（意思是暗示他逃走）。恰好还有一辆副车，是郑周郑周父御佐车，宛茷为右，载齐侯以免。

父做车御，宛茷做车右的，齐侯就搭上这车脱险了。

说明

在国君就要被俘的时候，逢丑父情知反抗、逃跑均无济于事，于是采用变换服饰、李代桃僵的计策解君之难。逢丑父利用韩厥不认识顷公的特殊情况，施计时仅仅换穿锦袍绣甲，以服饰和座位误导韩厥，也就足能令其信假为真了。逢丑父危急时不仅有代君赴难的忠诚，而且有难中见易、化难为易的智略。

注释

❶ 辎是有篷子的特种兵车。

【原文】

韩厥献丑父，郤献子将戮之。呼曰："自今无有代其君任患者，有一于此，将为戮乎！"郤子曰："人不难以死免其君。我戮之不祥，赦之以劝事君者。"乃免之。

齐侯免，求丑父，三入三出。每出，齐师以帅退。入于狄卒，狄卒皆抽

【译文】

韩厥把（假的齐侯）逢丑父献上去，郤克一看不对，当然大怒，就要杀他。他大呼起来说："从此没有人肯代国君受难的了，有这样的人还要处死吗？"郤克说："他既然不怕牺牲性命来保他的国君脱险，我杀他是件不祥的事。赦免他也好勉励一些尽忠的臣子！"当下也就把他释放了。

齐侯脱险以后，想要把逢丑父抢救回来，一共冲进去三次，退出三次。又屡次派出军队来掩护败退的残兵，以至陷入狄军阵地，狄兵都抽出戈盾保护他，又陷入卫军阵

戈楯冒之。以入于卫师，卫师免之。遂自徐关入。齐侯见保者，曰："勉之！齐师败矣。"辟女子，女子曰："君免乎？"曰："免矣。"曰："锐司徒免乎？"曰："免矣。"曰："苟君与吾父免矣，可若何！"乃奔。齐侯以为有礼，既而问之，辟①司徒之妻也。予之石窌②。

地，卫兵也把他保护出来①。于是从徐关回到了都城。齐侯看见守城的人，就说："努力呀！齐国的兵打败了。"恰好有一个女子在路上，兵士们吆喝她躲开，她听见战败的消息，就问："国君脱险了吗？"说："脱险了。"又问："掌军械的长官脱险了吗？"说："也脱险了。"她就说："只要国君和我的父亲都脱险了，还怎么样？"然后才跑开。齐侯觉得这女子有礼节，后来打听出来是掌管鼎的长官的妻子，就拿石窌地方赐了她做封邑。

①这说明狄、卫两国的人都不敢过于逼迫齐军。

说 明

鞌之战以晋国胜利告终，但大大消耗了交战双方的实力。在战斗中，晋国之所以能胜利，除了君臣同仇敌忾以外，还与晋国的农耕经济较为发达有关。

注 释

❶辟，即"壁"字。
❷"窌"音"溜"。

【原文】

晋师从齐师，入自丘舆，击马陉。齐侯使宾媚

【译文】

晋军仍然紧追齐军，从丘舆进击马陉。于是齐侯派了宾媚人用纪国得来的一件甗和

人赂以纪甗、玉磬与地。不可,则听客之所为。宾媚人致赂,晋人不可,曰:"必以萧同叔子为质,而使齐之封内尽东其亩。"对曰:"萧同叔子非他,寡君之母也。若以匹敌,则亦晋君之母也。吾子布大命于诸侯,而曰:'必质其母以为信。'其若王命何?且是以不孝令也。《诗》曰:'孝子不匮,永锡尔类。'若以不孝令于诸侯,其无乃非德类也乎?先王疆理天下物土之宜,而布其利,故《诗》曰:'我疆我理,南东其亩。'今吾子疆理诸侯,而曰'尽东其亩'而已,唯吾子戎车是利,无顾土宜,其无乃非先王之命也乎?反先王则不义,何以为盟主?其晋实有阙。四王之王也,树德而济同欲焉。五伯之霸也,勤而抚之,以役王命。今吾子求合诸侯,以逞无疆之欲。

玉磬,加上割让的土地,作为谢罪的礼物,并且指示他,如果还不答应,那就只好随敌人怎样办。宾媚人把礼物送去,晋国人还是不答应,提出的条件是要以萧同叔子做人质,而且齐国境内的田地都要形成东西横列①。宾媚人就说:"萧同叔子不是别人,是我们国君的母亲。若按辈分说来,也就是晋国君的母亲。你向列国发布大命,而叫人家拿母亲做人质,置王命于何地?况且这简直是教人以不孝。《诗经》上说:'孝子所以能永不缺乏,乃是由于能推广及于同类。'若是以不孝之事合于列国,那恐怕不是好的吧。至于先王规定天下的疆界,是按各地方情况,适合他们利益的,所以《诗经》上说:'我们的疆界之中,田亩有南向的,也有东向的。'现在你为列国整理疆界,却说要把田地一概改成东向,只顾你的兵车驰骋便利,不管地方情况,恐怕不合于先王的规定吧。违反先王之制那就是不正当,怎能主列国之盟呢?似乎晋国也有点错吧。四王②之所以成王业,是因为能树立恩德,完成大家的希望;五伯之所以成霸业,是因为肯替大家出力,安抚他们,以为王室服务。现在你却打算纠合列国以满足你无穷的欲望。《诗经》上说:'布政宽和,所以福禄集中。'你自己不能宽和,放弃福禄,于列国有什么损害?你果然一定不肯,那么,我们的国君已经吩咐过使臣一番话了:'你带

《诗》曰：'布政优优，百禄是遒。'子实不优，而弃百禄，诸侯何害焉！不然，寡君之命使臣则有辞矣，曰：'子以君师辱于敝邑，不腆敝赋，以犒从者。畏君之震，师徒桡败，吾子惠徼齐国之福，不泯其社稷，使继旧好，唯是先君之敝器、土地不敢爱。子又不许。请收合余烬，背城借一。敝邑之幸，亦云从也。况其不幸，敢不唯命是听？'"鲁、卫谏曰："齐疾我矣！其死亡者，皆亲昵也。子若不许，仇我必甚。唯子则又何求？子得其国宝，我亦得地，而纾于难，其荣多矣！齐、晋亦唯天所授，岂必晋？"晋人许之，对曰："群臣帅赋舆以为鲁、卫请，若苟有以借口，而复于寡君，君之惠也。敢不唯命是听？"成公二年（公元前五八九年）

了军队来到敝国，我们也只有这点力量犒劳贵部。因为畏惧你们国君的声威，以致全军败折。你若肯顾念齐国，不灭我们的国家，让我们恢复从前的友谊，那么，我们先君留下的一点器物和土地是不敢吝惜的。你既然还不答应，那只好收集残兵，在城边再打一仗，敝国若能侥幸胜了，自然也还是服从的，若仍然不胜，怎敢不完全听命？"③鲁、卫都来劝晋国人（指郤克）说："这回齐国对我们够痛恨了，阵亡的人都是他们的至亲。你一定不肯，那就越发要拿我们来泄愤。你又还有什么不能满足？你得了他们的国宝，我们得了失地，以后又免得再受威胁，面子已经够了。齐、晋究竟谁强，也还在乎天意，难道永远是晋国强吗？"晋国方才答应了。然后回答说："我们带了兵来，为的是替鲁、卫讲情，只要可以有句话回复我们的国君，就是你的好意。怎敢不完全听命？"

————————

①这是叫齐国撤废国防，以后晋军可以由西而东，直闯进来，因为田亩上的沟岸最不利于车战。齐国的田亩大概有些是南北纵列的，对于西面来的敌兵能起防御作用。②四王是禹、汤、文王、武王。③这一段的措辞，《公羊》《穀梁》都比《左传》简洁，最后几句话，义正词严，而口气却很平和，是交涉胜利的主要原因。杜注解得似乎不对，今参《公羊》《穀梁》两传的意思译出，同时采取刘炫的解说。

七　鞍之战

说　明

　　鞍之战构成晋景公争霸事业的一部分。经过鞍之战，晋国成功地打破了齐、楚联盟，而把齐拉到了自己这一边。鞍之战的次年，齐顷公亲自朝晋，建立晋、齐联盟。晋为加强这一联盟，不得不牺牲鲁国利益。晋景公所创建的霸业，经过厉公、悼公的努力，一直持续到顷公、定公时代。

八
鄢陵之战

导读

春秋中期，晋楚两国为了争取郑国的归附，冲突十分激烈。城濮之战晋胜，邲之战楚胜，这一次鄢陵之战又是晋胜，然而胜负都只是一时的，并不能彻底解决问题。在这一次的战役中尤其可以看出，双方都有缺点，争霸的局面马上到末日了。

【原文】

晋侯将伐郑，范文子曰："若逞吾愿，诸侯皆叛，晋可以逞。若唯郑叛，晋国之忧，可立俟也。"栾武子曰："不可以当吾世而失诸侯，必伐郑。"乃兴师。栾书将中军，士燮佐之。郤锜将上军，荀偃佐之。韩厥将下军，郤至佐新军，荀罃居守。郤犨如卫，遂如齐，皆乞师焉。栾黡来乞师，孟献子曰：

【译文】

晋侯预备伐郑（因为郑国服从楚国的缘故），范文子（士燮）说："若依我的意思，列国都背叛了晋国，晋国倒好些。若只是郑国背叛，晋国的危机立刻就到了。"栾武子说："无论如何，总不可以从我手里失去霸权。郑是一定要讨伐的。"于是决定出兵。栾书统中军，士燮做副帅。郤锜统上军，荀偃做副帅。韩厥统下军，郤至做新军副帅。荀罃留守。郤犨出使卫国，又出使齐国，邀请它们一起出兵。栾黡来鲁国邀请出兵，孟献子说："有得胜的预兆了。"戊寅日，

"有胜矣。"戊寅，晋师起。 | 晋军出发。

说 明

成公十六年，楚共王在武城派遣公子成前去郑国，以汝阴之田向郑国求和，于是郑国背叛晋国，与楚国结盟。同年夏，郑国子罕率兵进攻宋国。宋军先后在汋陂、汋陵被郑国击败。晋国得知郑国叛晋投楚，并兴兵伐宋以后，准备兴师伐郑。

【原文】

郑人闻有晋师，使告于楚，姚句耳与往。楚子救郑。司马将中军，令尹将左，右尹子辛将右。过申，子反入见申叔时，曰："师其何如？"对曰："德、刑、详、义、礼、信，战之器也。德以施惠，刑以正邪，详以事神，义以建利，礼以顺时，信以守物。民生厚而德正，用利而事节，时顺而物成，上下和睦，周旋不逆，求无不具，各知其极。故《诗》曰：'立我烝民，莫匪尔极。'是以神降之福，时

【译文】

郑国人听说晋国动了兵，就派人往楚国报告，姚句（勾）耳也在其中。楚王立刻来救郑。司马子反统中军①，令尹子重统左军，右尹子辛统右军。经过申城，子反进去访问申叔时②，说："这回出兵，你看怎样？"他说："德、刑、详（祥）、义、礼、信，这六种都是作战的条件。德是为的施惠，刑是为的正邪，详是为的事神，义是为的建利，礼是为的顺时，信是为的守物。于是民生安乐而民德归正，用得其利而事有节制，顺时而动，万物得所，上下和睦，举动顺理，各得所求，趋向统一的标准。所以《诗经》上说：'把民众建立起来，就无不向着统一的标准。'这样神才降福，不逢灾害，民生敦厚，齐心奉公，无人不竭力服从命令，前仆后继，所以战而能胜，就是由此。现在

无灾害，民生敦庞①，和同以听，莫不尽力以从上命，致死以补其阙②。此战之所由克也。今楚内弃其民，而外绝其好，渎齐盟，而食话言，奸时③以动，而疲民以逞。民不知信，进退罪也。人恤所厎④，其谁致死？子其勉之。吾不复见子矣。"姚句耳先归，子驷问焉，对曰："其行速，过险而不整。速则失志，不整丧列。志失列丧，将何以战？楚惧不可用也。"

楚国内则违弃了人民，外又断绝了邦交，背盟失信③，行动违反农时，而劳动民力以快私意，人民并不知道政府有什么信用，进也可能为罪，退也可能为罪。大家自顾不暇，谁肯拼死？你努力吧，我是不能再和你见面的了！"姚句耳先回郑国，子驷问他楚国情形如何。他说："行军急促，通过险地时行列并不整肃。急促就不细心，不整肃就没有秩序，既不细心又没有秩序，如何能作战？楚国怕不行了。"

---

①此时楚国令尹掌政权，司马掌军权，制度与前稍不同。②申叔时是楚国的元老，告老在申。③指前年晋、楚曾订盟约。

说 明

郑国国君郑成公闻讯，向楚国求救。楚共王决定出兵救郑，以司马子反、令尹子重、右尹子辛统领三军，会同蛮军，迅速北上援救郑国。

注 释

❶敦庞是丰厚的意思。

❷阙，杜注指战死者。

❸奸是违反的意思，正当春耕而用兵，故云"奸时"。

❹恤是忧的意思，厎是至的意思。

【原文】

五月，晋师济河。闻楚师将至，曰："我伪①逃楚，可以纾忧。夫合诸侯，非吾所能也，以遗能者。我若群臣辑睦以事君，多矣。"武子曰："不可。"六月，晋、楚遇于鄢陵。范文子不欲战，郤至曰："韩之战，惠公不振旅②；箕之役，先轸不反命③；邲之师，荀伯不复从。皆晋之耻也。子亦见先君之事矣。今我辟楚，又益耻也。"文子曰："吾先君之亟④战也，有故。秦、狄、齐、楚皆强，不尽力，子孙将弱。今三强服矣，敌楚而已。唯圣人能外内无患，自非圣人，外宁必有内忧。盍释楚以为外惧乎？"

【译文】

五月，晋军渡过黄河，听说楚军要到了，范文子主张回去，他说："我们如果逃避楚国，事情便可缓和。至于纠合诸侯这件事我是无能为力的，留待有能力的人吧！我们只要大家同心奉公也就够了。"栾武子说："不可。"六月，晋楚两军在鄢陵遇见了。范文子总不主张作战。郤至说："从前韩之战，惠公不曾凯旋；箕之战①，先轸不曾复命；邲之战，荀林父不曾从原路退兵，都是晋国的耻辱。这些先君的旧事你是晓得的，我们现在又逃避楚国，那就是又加上一番耻辱了。"文子说："我们先君屡次作战是不得已的，秦、狄、齐、楚都强，若不尽力，子孙必弱。现在那三个强国已经服了，只剩楚国一个敌人。只有圣人才能内外都没有忧虑，不是圣人，外面无事，内里必有事，何不把楚国搁在一边，作为从外面来的警戒呢？"

①这一战役是对狄国的。

说 明

晋国军队和楚国军队在鄢陵相遇，范文子不想同楚军交战，进行了反战陈述，但中军将栾书没有同意范文子的请求，最终与楚军在晦日交战。

注释

❶伪是如果、假如的意思。
❷不振旅指溃败。韩之战见僖公十五年。
❸不反命指战死。箕之役见僖公三十三年。
❹亟是屡次的意思。

【原文】

甲午晦，楚晨压晋军而陈。军吏患之。范匄①趋进，曰："塞井夷灶，陈于军中，而疏行首②。晋、楚唯天所授，何患焉？"文子执戈逐之，曰："国之存亡，天也。童子何知焉？"栾书曰："楚师轻窕，固垒而待之，三日必退。退而击之，必获胜焉。"郤至曰："楚有六间，不可失也：其二卿相恶③；王卒以④旧；郑陈而不整；蛮军而不陈；陈不违晦；在陈而嚣，合而加嚣，各顾其后，莫有斗心。旧不必良，以犯天忌。我必克之。"

【译文】

这月末一日是甲午，楚军一早就迫近晋军列出阵来。军吏们有点害怕。范匄（士燮的儿子）走上来说："把井填满把灶划平，就在军中列阵，再把前面的道路疏通开来，晋楚谁胜谁败，在乎天意，怕什么呢？"范文子（范匄的父亲）拿起戈来赶他出去，说："小孩子懂得什么？国家存亡自有天在！"栾书说："楚兵轻率，我们只需坚守营垒，三天必退，退了再攻击，必然可以得胜。"郤至说："楚国有六种弱点，不要失去机会呀！他们的两个执政有分歧；王的亲兵太老；郑兵虽能列阵而不能整肃；蛮兵虽能成军而不能结阵；列阵而不避月末的日子①；在结阵之中喧哗起来，结好阵喧哗得更厉害，大家有后顾之忧而无斗志，老人不都是好的，又犯了天忌，我们一定可以打败他们。"

---

①古时忌讳在月末的日子作战。

说 明

成公十六年，农历六月二十九，是古代用兵所忌讳的晦日，楚军想在援晋的齐、鲁、宋、卫联军到达之前速战速决，于是在晦日早晨趁晋军不备，利用晨雾掩护，突然迫近晋军营垒布阵。

晋军因营前有泥沼，加之楚军逼近，兵车无法出营列阵，处于不利地位。晋军中军将栾书主张先避其锋芒，固营坚守，待诸侯援军到达，以优势兵力转取攻势，乘楚军后退而击破。郤至则认为应当出击迎战，并列举楚军的诸多弱点。晋厉公采纳了郤至的建议，决定统军迎战。又采纳了范匄的计谋，在军营内填井平灶，扩大空间，就地列阵，既摆脱了不能出营布阵的困境，又隐蔽了自己的部署调整。

注 释

❶ "匄"读作"盖"。
❷ 将行列间道路隔宽。
❸ 指子重、子反。此二人有仇，后子重逼子反自杀。
❹ 古"以"字、"已"字互通。

【原 文】

楚子登巢车①以望晋军。子重使大宰伯州犁侍于王后。王曰："骋而左右，何也？"曰："召军吏也。""皆聚于中军矣。"曰："合谋也。""张幕矣。"曰："虔卜

【译 文】

楚王登上巢车来侦察晋军动静，子重派了大宰伯州犁①在王后面陪着。王问："左右纷纷奔走，是什么事？"他说："这是召集军官。"王又说："都集合在中军了。"他说："这是开会议。"王又说："搭上天幕了。"他说："这是祭告先君举行占卜。"王又说："撤去天幕了。"他

于先君也。""彻幕矣。"曰："将发命也。""甚嚣，且尘上矣。"曰："将塞井夷灶而为行也。""皆乘矣，左右执兵而下矣！"曰："听誓也。"② "战乎？"曰："未可知也。""乘而左右皆下矣！"曰："战祷也。"

说："这是预备发布命令。"王又说："喧哗而且尘土飞扬了。"他说："这是预备填井平灶，疏通阵道。"王又说："都上车了，车左右的人又都拿着兵器下车了。"他说："这是听取军令。"王说："是预备作战吗？"他说："还不一定。"王又说："上了车，左右的人又都下来了。"他说："这是作战前的祈祷。"

① 伯州犁是投奔楚国的晋国人。

说明

楚军方面，楚共王在晋国叛臣伯州犁（晋伯宗之子，伯宗在晋被害后，伯州犁逃往楚国，时任大宰）的陪同下，登上巢车，观察晋军在阵营内的动静。伯州犁把晋厉公亲兵的位置告诉了楚共王。

注释

❶ 巢车是有楼的车。
❷ 听誓即听取军令。

【原文】

伯州犁以公卒告王。苗贲皇在晋侯之侧，亦以王卒告。皆曰："国士在，

【译文】

伯州犁把晋侯亲兵所在告诉了楚王，苗贲皇①也在晋侯旁边把楚王亲兵所在告诉了他。都说："这都是一国最优秀的兵，力量雄厚，不易对付的。"苗贲皇向晋侯建议

且厚，不可当也。"苗贲皇言于晋侯曰："楚之良，在其中军王族而已。请分良以击其左右，而三军萃于王卒，必大败之。"公筮之，史曰："吉。其卦遇《复》，曰：'南国蹙，射其元王中厥目。'国蹙王伤，不败何待？"公从之。有淖于前，乃皆左右相违于淖。步毅御晋厉公，栾针为右。彭名御楚共王，潘党为右。石首御郑成公，唐苟为右。栾、范以其族夹公行，陷于淖①。栾书将载晋侯，针曰："书退！国有大任，焉得专之？且侵官，冒也；失官，慢也；离局②，奸也。有三罪焉，不可犯也。"乃掀公以出于淖。

说："楚国精兵都在他们中军的王族，我们不如分出些精兵攻击他们的左右两军，而集中我们三军对付楚王的亲兵。一定可以狠狠打败他们。"晋侯卜起卦来，卜人说："好，得的是《复》卦，卦辞说：'南国失势了，射击他们的首脑把王的眼睛射中了。'②国家失势，王也受伤，不是打败还有什么？"晋侯就听从了他的话。阵前恰有一大摊泥水，于是大家分开左右，躲着泥水往前走。此时一边是晋厉公出马，步毅做车御，栾针做车右；一边是楚共王出马，彭名做车御，潘党做车右。还有郑成公的车御是石首，车右是唐苟。栾、范两族分在晋侯亲兵旁边护卫。车陷在泥水里，不能动了，栾书打算请晋侯上他的车，他的儿子栾针却说："栾书退下，国家重任在你身上，怎可自专？而且侵犯别人的职务，放弃自己的本职，远离自己的队伍，是犯了三大罪了。"于是他自己把晋侯的兵车从泥水里掀了出来。

----

①苗贲皇是投奔晋国的楚国人。②这是卜卦人编的话，好像后世签诗一般。

说 明

晋厉公也在楚国旧臣苗贲皇（楚国令尹斗椒的儿子）的陪伴下，登高台观察楚军的阵势。苗贲皇在晋厉公身旁，也把楚共王亲兵的位置告诉了晋厉公。

苗贲皇熟悉楚军内情,向晋厉公提出了建议,晋厉公采纳苗贲皇的建议,由中军将、佐各率精锐加强左右两翼。在营内开辟通道,迅速出营,绕营前泥沼两侧向楚军发起进攻。

注 释

① 指晋厉公的车陷入泥淖。
② 离局指离开岗位。

【原文】

癸巳,潘尪之党与养由基蹲①甲而射之,彻七札②焉。以示王,曰:"君有二臣如此,何忧于战?"王怒曰:"大辱国。诘朝,尔射,死艺。"吕锜梦射月,中之,退入于泥。占之,曰:"姬姓,日也。③异姓,月也,必楚王也。射而中之,退入于泥,亦必死矣。"及战,射共王,中目。王召养由基,与之两矢,使射吕锜,中项,伏弢④。以一矢复命。

【译文】

在这事的前一天,潘尪的儿子潘党和养由基两人叠起好几层铠甲来射,一箭就射中了七层铠甲,当下报告楚王说:"你的部下有这样的本领,作战还怕什么?"楚王骂他们一顿说:"你们真是给国家丢脸!明天早晨开战,你们就死在你们的本领上头!"晋国的吕锜(魏锜)梦见射月亮,居然射中,退下来陷在淤泥当中,请人替他占卜,人家告诉他说:"姬姓可以比作太阳,异姓可以比作月亮,楚是异姓,那就是楚王了。射中了,又退下陷在泥中,你自己恐怕也要死了。"及至开战,果然射中了楚王的眼睛,楚王叫了养由基来,交给他两支箭去射吕锜,一箭射中他的颈项,马上就倒在弓衣上了。还剩下一支来报告完成任务。

说 明

楚共王望见晋厉公所在的晋中军兵力薄弱，即率中军攻打，企图先击败晋中军，结果遭到晋军的抗击。晋将魏锜用箭射伤楚共王的眼睛，迫使楚中军后退，未及支援两翼。

注 释

❶蹲是聚集的意思。
❷七札指七层铠甲。
❸晋为姬姓国。
❹弢指弓套。

【原 文】

郤至三遇楚子之卒，见楚子，必下，免胄而趋风。楚子使工尹襄问之以弓，曰："方事之殷也，有韎韦之跗注①，君子也。识见不谷而趋，无乃伤乎？"郤至见客，免胄承命，曰："君之外臣至，从寡君之戎事，以君之灵，间蒙甲胄，不敢拜命，敢告不宁君命之辱，为事之故，敢肃使者。"三肃②使者而退。

【译 文】

郤至遇见楚王的亲兵三次，一见楚王一定要除去头盔，风一般地跑过去①。楚王派工尹襄送他一张弓，说："方才战事激烈的时候，有一位穿红袜绑腿的先生，看见我就跑过去，不要受累了吧。"郤至会见来客，问明来意，就除去头盔说："你的外国臣子郤至参与我们国君的军事，托你的威福，也披上了甲胄，所以不能下拜，蒙你下顾，深觉不安，因为有军事，对来使行个军礼吧。"于是对来使行了三个礼就退去了。

①古时以趋走为敬。

注释

❶韎是赤色柔皮的意思，古时用以制军服。跗注等于现在的绑腿。
❷肃是类似作揖的敬礼，古时身着军服的人是不下拜的。

【原文】

晋韩厥从郑伯，其御杜溷罗曰："速从之！其御屡顾，不在马，可及也。"韩厥曰："不可以再辱国君。"乃止。郤至从郑伯，其右茀翰胡曰："谍辂①之，余从之乘而俘以下。"郤至曰："伤国君有刑。"亦止。石首曰："卫懿公唯不去其旗，是以败于荧。"乃内旌于弢中。唐苟谓石首曰："子在君侧，败者壹大。我不如子，子以君免，我请止。"乃死。

【译文】

晋国的韩厥追郑伯，他的车御杜溷罗说："快追，敌人的车御屡次往后看，心不在焉，一定追得上的。"韩厥说："我不可以再羞辱人家的国君了。"①就不追了。郤至又来追郑伯，他的车右茀翰胡说："派奇兵绕到他的前面，我从后面攀上车，就可以把他俘虏下来。"郤至说："伤国君是有罪的。"也不追了。石首说："从前卫懿公没有卷去自己的旌旗，所以（被敌人集中攻击）在荧战败。"于是把旌旗卷在弓衣中。唐苟向石首建议说："你在国君之旁，败起来更厉害，我的责任比你轻，你保着国君脱险，我来死战。"唐苟最终战死了。

———
①事见鞍之战。

说明

战斗从晨至暮，楚军受挫后退，虽然楚王子公子茷被俘，楚共王也被射瞎一只眼睛，郑将唐苟为保护郑成公败逃而战死，但双方仍胜负未定。

注释

❶指派轻车绕道迎击。谍,侦察兵,此指小股轻快之军。辂,迎战,此指拦截。

【原 文】

楚师薄于险,叔山冉谓养由基曰:"虽君有命,为国故,子必射。"乃射。再发,尽殪。叔山冉搏人以投,中车折轼。晋师乃止。囚楚公子茷。

栾针见子重之旌,请曰:"楚人谓夫旌,子重之麾也。彼其子重也。日臣之使于楚也,子重问晋国之勇。臣对曰:'好以众整。'曰:'又何如?'臣对曰:'好以暇。'今两国治戎,行人不使,不可谓整。临事而食言,不可谓暇。请摄饮焉。"公许之。使行人执榼❶承饮,造于子重,曰:"寡君乏使,使针御❷持矛。是以不得犒从者,使某摄饮。"

【译 文】

楚兵被险地阻挡住了,叔山冉对养由基说:"国君虽然有命令,你为国家的缘故,总要射呀!"他于是射起来,射两箭,就死了两个人,叔山冉抓起一个人投掷到晋军的兵车上,把车前的横木都打折了。晋军才不敢再追,把楚国的公子茷生擒了去。

栾针看见子重的旌旗❶,就向晋侯报告说:"楚国人都认得这旌旗是子重的旗章,现在这就是子重了。从前我奉命出使到楚国,子重曾经问过我,晋国之勇如何?我说:'喜欢人多而能整齐。'又问其余如何,我说:'喜欢从容不迫。'现在两国交兵,而不派个代表,不得谓之整齐,遇事不记从前的话,不得谓之从容。让我去送点喝的给他吧。"楚王允许了。他就派一个代表带着喝的访问子重说:"我们的国君因为缺人使用,叫我也跟着在旁拿根矛,所以不能亲自来犒劳贵部,派我来送点喝的。"子重说:"他这位先生❷曾经在楚国同我谈过话,就是这个道理,他记性也太好了。"受下喝了,等来使去远,子重曰:"夫子尝与吾言于楚,必是故也,不亦识乎!"受而饮之。免使者而复鼓。

仍旧打起鼓来。

————————

①古时国君将帅各有各的旗章。②指桨针。

注 释

❶榼是盛饮料的器皿。

❷此"御"字是侍御的意思。

【原 文】

旦而战,见星未已。子反命军吏察夷伤,补卒乘,缮甲兵,展车马,鸡鸣而食,唯命是听。晋人患之。苗贲皇徇曰:"蒐乘补卒,秣马利兵,修陈固列,蓐食申祷,明日复战。"乃逸楚囚。王闻之,召子反谋。谷阳竖①献饮于子反,子反醉而不能见。王曰:"天败楚也夫!余不可以待。"乃宵遁。晋入楚军,三日谷。范文子立于戎马之前,曰:"君幼,诸臣不佞,何以及此?君其戒之!《周书》曰:'唯命不于常。'有德之谓。"

【译 文】

从清早开战,星星出来了还没有停。子反下令查看受伤的人,补充损失,修理甲兵,陈列车马,鸡鸣吃饭,听候命令行事。晋国人担心起来,苗贲皇传令下去说:"检阅补充兵马,喂马磨刀,巩固行列,早起吃饭,再行祈祷,明天还要交战。"故意把楚国的俘虏放回去。楚王听见这话,叫子反来商议,谁知内侍谷阳给子反送了酒去,喝醉了不能见。楚王说:"这是天意要败楚国了,我不可再耽误。"半夜就逃走了。晋军占了楚国军营,吃了他们三天的粮食。范文子立在晋君的马前说:"君还年幼,我们臣子又都不才,怎会有今日的成功?请你不要大意啊!《周书》说:'天命所在没有一定。'就在于有德的了。"

八　鄢陵之战

说　明

晋军顺利进占楚军营地，吃了楚军留下的粮食，在那里休整三天后凯旋。鄢陵之战，至此以晋军的胜利而结束。鄢陵之战是晋楚争霸战争中继城濮之战、邲之战后的第三次战役，也是两国最后一次主力军队的会战。鄢陵之战标志着楚国对中原的争夺走向颓势。晋国虽然借此战重整霸业（晋悼公复霸），但其对中原诸侯的控制力逐渐减弱。

注　释

❶竖是内侍。

【原文】

楚师还，及瑕，王使谓子反曰："先大夫之覆师徒者，君不在。子无以为过，不谷之罪也。"子反再拜稽首曰："君赐臣死，死且不朽。臣之卒实奔，臣之罪也。"子重复谓子反曰："初陨师徒者，而亦闻之矣！盍图之？"对曰："虽微先大夫有之，大夫命侧，侧敢不义？侧亡君师，敢忘其死。"王使止之，弗及而卒。成公十六年（公元前五七五年）

【译文】

楚军回到瑕的地方，楚王派人对子反说："先大夫之所以打败仗，是国君自己没有出去的缘故，现在你也不必自责，这都是我的罪。"子反再拜叩头说："君叫臣死，死也是不朽的。既是我的部下退却，我当然有罪！"子重还对子反说："从前打败仗的，你总也听说过，你怎么打算呢？"子反说："即使没有先大夫的成例，你教我，我敢做不义的事吗？我既然损失了国君的军队，怎敢忘记自己的死罪呢？"楚王叫人阻拦他不让他自杀，但是已经来不及了。

说 明

鄢陵之战后不久,晋国在宋国的沙随(今河南商丘宁陵)重会诸侯,谋划讨伐郑国,随后晋、齐、宋、鲁、邾等国一起讨伐郑国,继而讨伐陈国、蔡国。郑国子罕出兵夜袭,宋、齐、卫三国军队被击败。成公十七年,郑国主动出击,进攻晋国,卫国出兵援救晋国,楚国则帮助郑国抗击晋国。不久,晋厉公会同周、齐、宋、鲁、卫、曹、邾等国军队进攻郑国,楚国子重率军救郑国,晋国联军主动撤退。同年冬,晋国又会同上述各国军队围攻郑国,楚国公子申率军救郑,由于采用"三驾疲楚"的策略,楚国最终无力应对。

九

郑国的内政外交

导 读

　　子产是春秋时代的一个大政治家，执郑国政权二十年之久，将国内长久的内乱平息。晋楚两国向来以郑国为争执的焦点：服从晋国，楚国便不答应；服从楚国，晋国又不答应。子产却能使郑国在两个大国之间保持自己的地位，让两国都不敢轻视。处境愈困难，愈可以显出他的才能。他每当执行政策的时候，都是坚定不移、不为浮言所惑的，但是群众的意见，他都虚心接受。看他整理财政、组织民众两件事，虽然记载简单，但可以想见他的为人。至于学识丰富、辞令动人、思虑周密，也是他的成功因素。

　　不过我们必须知道：子产的政绩只能暂时地缓和一下国内的矛盾，他之所以要铸刑书，是想靠成文法来巩固统治，但是他刚一死，"萑苻之盗"就起来了，这就反映了民众反抗统治者的真相。足见那时郑国迫于外患，加重了人民的负担，使人民的生活陷于非常困苦的地步。

【原　文】

　　郑子皮授子产政，辞曰："国小而逼，族大宠多，不可为也。"子皮曰："虎①帅以听，谁敢犯子？子善相之，国无小，小能事大，国

【译　文】

　　郑子皮把政权交给子产，子产不肯，他说："国小而夹在大国中间，世族又强大，贵人又多，是没有办法的。"子皮就说："我来领导他们服从你，谁敢反抗？你好好帮忙吧！国不怕小，小国要能随从

乃宽。"子产为政，有事伯石②，赂与之邑。子大叔曰："国，皆其国也。奚独赂焉？"子产曰："无欲实难。皆得其欲，以从其事，而要其成，非我有成，其在人乎？何爱于邑？邑将焉往？"子大叔曰："若四国何？"子产曰："非相违③也，而相从也，四国何尤焉？《郑书》有之曰：'安定国家，必大焉先。'姑先安大，以待其所归。"既，伯石惧而归邑，卒与之。伯有既死，使大史命伯石为卿，辞。大史退，则请命焉。复命之，又辞。如是三，乃受策入拜。子产是以恶其为人也，使次己位④。

大国，国家自然可以从容发展。"子产执政以后，有事情要交派伯石，先赠送些地方给他。子太叔说："国家是我们大家的，为什么单要赠送他？"子产说："人不能没有欲望，大家都满足了欲望，好好地把事情做成功，这不就是我们的成功吗？难道会便宜了别人？何必舍不得地方？地方不还存在吗？还能跑掉吗？"子太叔说："恐怕邻国要议论吧！"子产说："不是大家互相反抗，而是大家互相服从，怕什么邻国的议论？我们郑国古书有一句话：'若要使国家安定，先要把大族安顿下来。'现在暂时安顿大族再看结果吧。"伯石听见了这番话，也就不敢收受了。可是子产依然送给了他。当伯有死的时候，太史奉命以卿的职位授予伯石，他不受。太史离去了，他又说可以受，太史又去了一次，他又辞退了。这样往返三次，方才接受命令，入宫受职。所以子产很不喜欢他的为人，把他安排在自己下面第二位的位置。

说 明

郑穆公的后代，称"穆族"，其中存续并成为世卿的称"七穆"。子产去除个人好恶，坚持公平中正，通过攻"盗"（平西宫之难）、焚载书、复丰卷、诛子晢等一系列措施，依礼而行，调和贵族纷争。对丰氏，子产笼络伯石，而在看到其人品上的缺陷后，子产也对他加以压制。对伯石之子丰卷，子产既制止其逾礼举动，又给逃亡晋国的他留下退路。这一系列举措使得国内形势较为平稳。

注释

❶虎是子皮的名字。
❷伯石即公孙段。
❸非相违是指不是使国家分裂。
❹杜注云，子产恶其为人，但又怕他作乱，所以对他以礼相待。

【原文】

子产使都鄙有章，上下有服，田有封洫①，庐井②有伍。大人③之忠俭者，从而与之。泰侈者，因而毙之。丰卷将祭，请田焉。弗许，曰："唯君用鲜，众给而已。"子张怒，退而征役④。子产奔晋，子皮止之而逐丰卷。丰卷奔晋。子产请其田里，三年而复之，反其田里及其入焉。从政一年，舆人诵之，曰："取我衣冠而褚⑤之，取我田畴而伍之。孰杀子产，吾其与之！"及三年，

【译文】

子产执政之后，使城乡有固定的章则，上下有固定的服制，田亩用岸和沟划分清楚，居民用五家相保的方法编排起来。对贵族中优秀的人加以支援，对荒淫奢侈者则加以消灭。丰卷因为祭祀之故，希望允许他打一回猎，子产不肯，说："只有国君才用新打来的野兽，其余大家只要现成的够用就是了。"丰卷恨极了，退下来就征兵要攻打子产，子产只得奔往晋国。子皮知道了，一面拦住他，一面把丰卷驱逐出国，丰卷于是逃到晋国去了。但是子产仍旧替他说话，保留他的田地，三年之后，叫他回国，连田地带收入一起都还给了他。子产执政一年，大家编了一首歌说："拿我的衣帽没收起来，拿我的田地去编排起来，谁要

又诵之,曰:"我有子弟,子产诲之。我有田畴,子产殖之。子产而死,谁其嗣之?"襄公三十年(公元前五四三年)

想杀子产,我们是赞成的。"三年之后,大家却又编了一首歌说:"我的子弟是子产替我教育的,我的田地是子产替我在增产的,子产若是死了,还有谁能够继承他啊!"

说 明

郑国的大夫们在这以前惯于争夺,伯有就是因此被杀的。子皮比较贤明,众望所归,但他自己知道才能不如子产,所以推子产出来执政,他自己做后援来支持子产的政策。这是郑国复兴的关键。

注 释

❶ 洫指沟渠。

❷ 庐井指村落、房舍与水井。

❸ 大人即大夫。

❹ 指招集兵卒。

❺ 褚是收藏的意思。

【原文】

郑人游于乡校,以论执政。然明谓子产曰:"毁乡校,何如?"子产曰:"何为?夫人朝夕退而游焉,以议执政之善否。其所善者,吾则行之。其所恶

【译文】

郑国人在乡里的学校中闲游,批评执政。然明听见此事,就对子产建议说:"废止乡里的学校如何?"子产说:"为什么要废止?他们早晚无事闲游,批评执政的好坏,好的我做下

者，吾则改之。是吾师也，若之何毁之？我闻忠善以损怨，不闻作威以防怨。岂不遽止？然犹防川，大决所犯，伤人必多，吾不克救也。不如小决使道。不如吾闻而药之也。"然明曰："蔑①也今而后知吾子之信可事也。小人实不才，若果行此，其郑国实赖之，岂唯二三臣？"仲尼闻是语也，曰："以是观之，人谓子产不仁，吾不信也。"襄公三十一年（公元前五四二年）

去，坏的我改过来，正是我的老师，怎么可以废止？我只知道忠诚善良可以减轻仇恨，却不知道靠立威权来防止仇恨。难道不能立刻止住？譬如防水，大的决口冲起来，为害必更多，没有法子补救。不如让它小小开条出口，让我拿来当药治病吧！"然明说："我现在才知道你真是可以共事的。我是个平凡人，实在无才。你若果真这样做，整个郑国都要靠你，岂需要我们这班人呢？"后来孔子听见了这番话，说："这样看来，有人说子产不是仁厚的人，我真不信。"

说 明

子产把乡校作为群众议论政事、反馈信息的场所，他根据公众的意见，调整自己的政策和行为，努力调和统治者与被统治者之间的关系，使郑国强盛起来。考虑到中国传统等级制度之下的政治专制，能敞开一个口子让老百姓无所顾忌、畅所欲言地议论统治者，足见子产的气魄和胸襟。

注 释

❶蔑是然明的名字。

[原 文]

子皮欲使尹何为邑。子产曰:"少,未知可否?"子皮曰:"愿,吾爱之,不吾叛也。使夫往而学焉,夫亦愈知治矣。"子产曰:"不可。人之爱人,求利之也。今吾子爱人则以政,犹未能操刀而使割也,其伤实多。子之爱人,伤之而已,其谁敢求爱于子?子于郑国,栋也,栋折榱①崩,侨②将厌③焉,敢不尽言?子有美锦,不使人学制焉。大官、大邑,身之所庇也,而使学者制焉。其为美锦,不亦多乎?侨闻学而后入政,未闻以政学者也。若果行此,必有所害。譬如田猎射御,贯④则能获禽,若未尝登车射御,则败绩厌覆是惧,何暇思获?"子皮曰:"善哉!虎不敏。吾闻君子务知大者、远者,小人务知小者、近者。我,小人也。衣服附在吾身,我知而慎之。大

[译 文]

子皮想叫尹何管理地方。子产说:"太年轻,不知道能不能胜任。"子皮说:"他为人忠厚,我喜欢他,不会违背我的。不妨叫他练习练习,等他慢慢地也可以懂得办事的道理。"子产说:"这样不对,爱人总要于人有益,你现在却为了爱人轻易叫他从事政治,等于叫不会用刀的人去割肉,那是要大大受伤的。你的爱人只是伤人,那么,谁敢求你的爱呢?你在郑国等于屋梁。屋梁一断,椽木都要倒下来,我就会压在底下了,怎敢不尽量直言?假使你有一块好的锦缎,一定不会叫人拿来练习着做衣裳。重要的职务、重要的地方,乃是我们生命所托庇的,倒要叫人当作衣裳来练习吗?这难道不比一块好的锦缎贵重得多吗?我只知道练习好了的人才可以担当政治,没有听说拿政治来练习的。一定要这样办,必没有好结果。譬如打猎射御的事,必须有经验的才能打到野兽,假使从来没有经历过登车射御的事,只愁翻车被压、全盘失败,还能希望打到野兽吗?"子皮说:"对呀!我的见解实在不够。我一向听说,上层的人应该注意大的、远的,平常的人应该注意小的、近的。我是平常人,衣服穿

官、大邑所以庇身也，我远而慢之。微子之言，吾不知也。他日我曰：'子为郑国，我为吾家，以庇焉，其可也。'今而后知不足。自今，请虽吾家，听子而行。"子产曰："人心之不同，如其面焉。吾岂敢谓子面如吾面乎？抑心所谓危，亦以告也。"子皮以为忠，故委政焉。子产是以能为郑国。襄公三十一年（公元前五四二年）

在我的身上，我倒知道爱惜慎重。重要的职务、重要的地方，我倒反而疏远忽略了。你不告诉我，我还不明白这个道理。从前我说过：'你管郑国的政治，我管我的家务，靠你的庇荫，总可以吧！'从今天起，连这个我都不配了。即使是我的家务，也要请教你再办了。"子产说："人的思想正如人的面貌，是不相同的，我怎敢说你的面貌和我的面貌一样呢？不过心里觉得不安当，说出来就是了。"子皮认为子产是忠诚的人，所以将政权完全托付他。因此子产才能将郑国的事情办好。

说 明

这一段可以看出，子产能够选贤举能并且人尽其才。《论语》记载，郑国发表的公文，都是由裨谌起草，世叔提出意见，外交官子羽加以修饰，子产最后修改润色。这也体现了子产的民主决策和知人善任。子产择能而使，起用了一大批人才，如桑丘仲文、杜逝、肥仲、王子伯愿，等等。他们作为子产治政的"团队"，在当时起着相当重要的作用。

注 释

❶ 榱是屋椽，读作"催"。

❷ 侨是子产的名字。

❸ 古"压"字作"厌"。

❹ 古"惯"字作"贯"。

【原文】

郑子产作丘①赋，国人谤之，曰："其父死于路，己为虿②尾。以令于国，国将若之何？"子宽以告。子产曰："何害？苟利社稷，死生以之。且吾闻为善者不改其度，故能有济也。民不可逞，度不可改。《诗》曰：'礼义不愆，何恤于人言。'③吾不迁矣。"昭公四年（公元前五三八年）

【译文】

郑子产定出田赋的规则，除原有以外，再加一种税，国人都毁谤他，说："父亲死于非命（子产父亲子国是被杀的），儿子又做这种害人的事，在国内乱发命令。国家怎么办呢？"子宽拿这话告诉了子产。子产说："这有什么要紧？只要是有利国家的事，死活都不必管。而且据我所知，要做有益的事情，必须守住法度不变，才能成功。民心是不能放纵的，法度是不能变更的。《诗经》说：'只要不违背礼义，何必顾虑闲话？'我是有决心不动摇的。"

说 明

"作田洫"后五年，子产又"作丘赋"。"丘"本是指被征服部落的地区。也就是说，郑国统治阶级从此也要求"丘"所在的被统治阶级供应军赋了。这项改革主要是打破当时国野分界，把原来只有国人才有资格承担的兵役扩大到野人，这就大大扩充了兵源，符合春秋末期战争发展的趋势，虽然这次改革因为取消国人特权而受到部分特权阶级的反对和阻挠，但他还是坚定地将改革推行下去了。

注 释

❶丘是田亩的名称。

❷虿是蝎子，尾有毒。

❸这两句是佚诗，现在的《诗经》不载。

【原文】

三月，郑人铸刑书。叔向使诒子产书，曰："始吾有虞于子，今则已矣。昔先王议事以制，不为刑辟①，惧民之有争心也。犹不可禁御，是故闲之以义，纠之以政，行之以礼，守之以信，奉之以仁。制为禄位，以劝其从。严断刑罚以威其淫。惧其未也，故诲之以忠，耸之以行，教之以务，使之以和，临之以敬，莅之以强，断之以刚。犹求圣哲之上，明察之官，忠信之长，慈惠之师，民于是乎可任使也，而不生祸乱。民知有辟，则不忌于上，并有争心，以征于书，而徼幸以成之，弗可为矣。夏有乱政而作《禹刑》，商有乱政而作《汤刑》，周有乱政而作《九刑》，三辟之兴，皆叔世也。今吾子相郑国，作封洫，立谤政，制参辟，铸刑书，将以靖民，不亦难乎？《诗》

【译文】

三月，郑国铸了刑书①，叔向就叫人寄了封信给子产说："我起初对于你的办法是很想参考的，现在却完了。古时的先王都是依照事实，临时处置的，不预先定出刑法，就是怕人民存心要相争执。但还是不能禁其相争，所以要以义来防范，以政来纠正，以礼来领导实行，以信来共同遵守，以仁来奉养，定出禄位的等级来奖励服从的人，严定刑罚来镇压放纵的人。还怕不行，所以要以忠诚来训诲，以实行来贯彻，以任务来教导，以和悦来指挥，以敬慎来临民，以强健来治事，以刚毅来裁断，还要替他们找出贤明的君上，精练的职官，忠实的首长，慈惠的师表。这样才可任使人民而不生祸患。若人民知道有了一定的法律，就不再畏惧在上的人，大家都起争利之心，只要有法律作为护身符，就想侥幸成事。这就不好办了。夏有乱政才作《禹刑》，商有乱政才作《汤刑》，周有乱政才作《九刑》。这三种刑法都是末世兴起的。现在你做郑国的首相，定田亩的地界，立大家不以为然的新政②。再又参照三种刑法，铸成法律条文，要想安靖人民，恐怕难了。《诗经》上说：'以文王的德行做榜样，常曰：'仪式刑文王之德，日靖四方。'又曰：'仪刑文王，万邦作孚。'如是，何辟之有？民知争端矣，将弃礼而征于书。锥刀之末，将尽争之。乱狱滋丰，贿赂并行，终子之世，郑其败乎！肸②闻之，国将亡，必多制，其此之谓乎！"复书曰："若吾子之言，侨不才，不能及子孙，吾以救世也。既不承命，敢忘大惠？"昭公六年（公元前五三六年）

常使四方安靖。'又说：'取法文王，就得万国的信任。'果然这样，何必要刑法？人民若知道有可争的机会，找到法律作为护符，那么，极小的事都会争起来，案件多了，贿赂也就开了。过了你这一代，郑国恐怕要衰败了。据我所知，国家将亡，必多定出法制，恐怕就是指的这些了。"子产回信说："你的话是不错的，但我没有本领，管不到后代，只能救我这一代罢了。虽然不能遵你的教，又何敢忘记你的厚意？"

---

①刑书的意思就是法律条文。②指昭公二年"作丘赋"那件事。

说明

古代社会由领主统治奴隶，根本上没有法律。春秋时代，渐渐有了集权的政府，法治的观念方才形成。子产首先定出法律，铸在鼎上，叫大家遵守，就是这个时代要求的表现。但是后来的流弊，也被叔向道破了（叔向当时还是守着人治主义的旧观点）。这是春秋时代社会变迁的一件重要事情。

注释

❶此"辟"字读作"僻"，是法律的意思。
❷肸是叔向的名字。

【原文】

宣子有环，有一在郑商。宣子谒诸郑伯，子产弗与。曰："非官府之守器也，寡君弗知。"子大叔、子羽谓子产曰："韩子亦无几求，晋国亦未可以贰。晋国、韩子，不可偷①也。若属②有谗人交斗③其间，鬼神而助之，以兴其凶怒，悔之何及？吾子何爱于一环，其以取憎于大国也，盍求而与之？"子产曰："吾非偷晋而有二心，将终事之，是以弗与，忠信故也。侨闻君子非无贿之难，立而无令名之患。侨闻为国非不能事大字小之难，无礼以定其位之患。夫大国之人，令于小国，而皆获其求，将何以给之？一共一否，为罪滋大。大国之求，无礼以斥之，何厌之有？吾且为鄙邑，则失位矣。若韩子奉命以使，而求玉焉，贪淫甚矣，独非罪乎？出一玉以起二罪，吾

【译文】

韩宣子有一只玉环，那成对的另一只在郑国商人手里，宣子向郑君请求，子产不肯，说："这并不是藏在我们政府里的，我们的国君不知道这件事。"子太叔、子羽就劝子产说："韩子的请求很小。晋国也还不可得罪，晋国和韩子都是不应当怠慢的。假使有个拨弄是非的人在当中挑拨，鬼神又帮助他们，惹起他们的愤怒，那时再后悔，就来不及了。你为什么舍不得一只玉环，来讨大国的厌恶呢？何不找来给他算了？"子产说："我并不是怠慢晋国而得罪它，正是要始终追随它，所以才不肯给。据我看，一个有知识的人，所难不在乎没有财宝，只怕没有好的名誉。治理国家所难也不在不能追随大国、保卫小国，只怕不能守礼以保自己的身份。若是大国的人对小国一发出号令，就可以满足他的要求，那怎能供给得了呢？答应这一个不答应那一个，那就更不对了。大国的要求，若不据礼驳回，还有什么限制？那么，我们也变成了属国，失去我们的身份了。并且韩子奉使而来，是为的公事，却来要一块玉，这也未免太贪心了，难道不也是犯罪的事？我们拿出玉来，便变成顶了两重的罪。我们呢，失去身份，韩

又失位，韩子成贪，将焉用之？且吾以玉贾④罪，不亦锐⑤乎？"

子呢，成了贪人，这有什么好处？还有一层，若说我们为这块玉得祸，那也未免太细碎了吧？"

说 明

为了维护郑国的独立与尊严，子产于襄公三十一年访晋时大胆拆毁晋国的驿馆，于昭公十六年拒绝、劝止了韩宣子向郑国商人索取、购买玉环的行为，又从国家大局出发于昭公十九年抵制了晋国大夫对郑国驷氏立嗣问题的干涉。子产有理有据、言辞得当，既达到了自己的目的，也多次得到了晋国的理解。

注 释

❶偷是随意怠慢的意思。

❷属是恰逢的意思。

❸交斗是挑拨的意思。

❹此处"贾"读作"古"，是买的意思。

❺锐是细小的意思，引申为无价值。

【原文】

韩子买诸贾人，既成贾矣，商人曰："必告君大夫。"韩子请诸子产曰："日起①请夫环，执政弗义，弗敢复也。今买诸商人，商人曰：'必以闻。'敢以为请。"子产对曰：

【译文】

韩子就直接向商人讨买。价钱讲好了，商人说："必须报告我们的大夫。"于是韩子向子产商量，说："那一天我提出那件玉环的请求，您不以为然，我也不敢再提了。现在我向商人买，商人说：'必须向你报告。'所

"昔我先君桓公与商人皆出自周。庸次比耦②，以艾③杀此地，斩之蓬蒿藜藿，而共处之。世有盟誓，以相信也，曰：'尔无我叛，我无强贾，毋或丐夺。尔有利市④宝贿，我勿与知。'恃此质誓，故能相保，以至于今。今吾子以好来辱，而谓敝邑强夺商人，是教弊邑背盟誓也，毋乃不可乎！吾子得玉而失诸侯，必不为也。若大国令，而共无艺⑤，郑，鄙邑也，亦弗为也。侨若献玉，不知所成⑥，敢私布之。"韩子辞玉，曰："起不敏，敢求玉以徼二罪？敢辞之。"昭公十六年（公元前五二六年）

以我请你允许这件事吧。"子产答复他说："当日我们的国君桓公和这些商人都是从周畿来的，大家一起排着次序，一对一对地耕田，把乱草斩除，同居下来，世代守着盟约，说：'你们不可违背我，我也不强迫买你的货物，也不用强夺取。你们赚了钱、发了财，我也不管。'靠着这种盟约，所以能彼此相保到今天。现在你是为了邦交而来的，若让我们的国家强夺商人的货物，那是让我们的国家背弃盟约，恐怕不好吧！你为了得一块玉而失去列国的信任，一定也不肯这样办的。假使大国命令下来，就要无限制地供应，就算郑国是属国，也不能这样。我若献出玉来，不知道究竟有什么好处。现在把我个人的意见对你说说。"韩子就把玉退还，说："我虽然不才，岂敢为了求玉而犯两重的罪？就退还吧！"

说 明

晋国的韩宣子到郑国来聘问，顺便想要一件玉器，而子产坚持不肯给，一方面是预防邻国无限制的要求，一方面不肯假借政府的威势来胁迫商人。从这一篇故事又可以看出郑国人民之守法，不敢私自和邻国交易，也证明了子产政令之严肃。

注 释

❶ 起是韩宣子的名字。

❷ 庸是用的意思,比耦是一对一对地耕田。

❸ 艾即古"刈"字,是斩的意思。

❹ 利市指买卖获得利润。

❺ 无艺指没有标准、额度。

❻ 成指好处。

【原 文】

郑子产有疾,谓子大叔曰:"我死,子必为政。唯有德者能以宽服民,其次莫如猛。夫火烈,民望而畏之,故鲜死焉。水懦弱,民狎①而玩之,则多死焉。故宽难。"疾数月而卒。大叔为政,不忍猛而宽。郑国多盗,取人于萑苻②之泽。大叔悔之,曰:"吾早从夫子,不及此。"兴徒兵以攻萑苻之盗,尽杀之,盗少止。昭公二十年(公元前五二二年)

【译 文】

郑子产生病了,对子太叔说:"我死之后,必是你来执政。只有有德的人才能以宽和服人,若是次一等的人,则不如用严厉的方法。你看,火是猛烈的,人看见了就害怕,所以很少死于火的。水是柔弱的,人看惯了以为不要紧,反而多死于水。所以宽和并不是容易的事。"病了几个月,子产死了,子太叔执政,他不忍用严厉的方法,却用宽容的方法。于是郑国的寇盗多起来,在萑苻的沼泽中抢劫,太叔后悔起来,说:"我若早听了他老先生的话,绝不至此。"于是派出士兵来讨伐萑苻的寇盗,一齐杀光,"盗"风方才止息。

说 明

　　子产"择能而使"的用人观、"不毁乡校"体现的民本思想、"宽猛相济"的治国理念等均传之后世。所谓宽猛相济,"宽"即强调道德教化和怀柔;"猛"即严刑峻法和暴力镇压。在治理郑国时,子产也确实贯彻了这一思想,一方面子产不毁乡校,给民众以议政空间;另一面又不轻易为民意及同僚的异议而动摇,坚决推行自己的改革,并铸刑书。这种宽猛相济的思想得到了孔子的称赞。

注 释

❶ 狎是轻慢的意思。
❷ 萑苻是地名,音"环蒲"。

十

伍员与申包胥

> **导读**
>
> 春秋末期最大的变动就是南方新兴国家向北、向西发展。吴国与楚国冲突,越国又与吴国冲突。北方各国也在此时开始蜕化,小国渐因内乱而没落,大国如晋、如齐则落于少数强大家族之手。吴、楚、越三国间的兴废存亡都可以在伍员(伍子胥)一人的活动中寻找线索,至于他的朋友(后来的敌人)申包胥,则与楚国的复兴关系密切。所以拿他两人做线索,可以明白地看出春秋末期的大事。只是北方各国的事情,因限于篇幅,不能列入。但哀公九年,吴城邗,沟通江、淮,这是大运河的第一次开凿,在南北交通上意义重大,是值得提出的。

【原文】

楚子之在蔡也,郹①阳封人之女奔之,生大子建。及即位,使伍奢为之师。费无极为少师,无宠焉,欲谮诸王,曰:"建可室矣。"王为之聘于秦,无极与逆,劝王取之。昭公十九年(公元前五二三年)

【译文】

楚平王驻防蔡国的时候,郹阳地方长官的女儿和他私通,生了太子建。等他做了国君,就派伍奢、费无极两人做太子的师傅,一正一副。太子不喜欢费无极,费无极想谗害他,就对王说:"太子应该娶亲了。"王替他求了秦国的亲事,派去迎接的人就有费无极在内,他向王夸说秦女美貌,劝王自己来娶。

说 明

楚平王继位后,任命伍奢为太子太师,费无极为太子少师,太子建尊重伍奢而厌恶费无极,费无极暗自衔恨。昭公十五年,费无极对楚平王说太子建可以成家,楚平王为太子建聘娶秦哀公的长妹孟嬴为夫人,命费无极到秦国去迎亲。费无极发现孟嬴貌美,而他又是一个小聪明不断的野心政客,急于爬上宰相的位置,当孟嬴到郢都后,费无极劝楚平王自娶。楚平王好色,不管儿子做何感想,自娶孟嬴为夫人。由此,楚平王对费无极格外宠信。

注 释

❶ "郢"读作"乞"。

【原文】

费无极言于楚子曰:"建与伍奢将以方城之外叛。自以为犹宋、郑也,齐、晋又交辅之,将以害楚。其事集矣。"王信之,问伍奢。伍奢对曰:"君一过多矣,何信于谗?"王执伍奢。使城父司马奋扬杀大子,未至,而使遣之。三月,大子建奔宋。王召奋扬,奋扬使城父人执己以至。王曰:"言出于余口,

【译文】

费无极又对楚王说:"太子和伍奢预备以方城外的地方造反,自以为和宋、郑两国的力量差不多,齐、晋又都帮他,要为楚国之害,事情已经成熟了。"王信了他的话,就叫伍奢来问,伍奢说:"你已经做错一件事就够了,怎么还要听信谗言?"王仍不听,把伍奢拿下,叫城父地方的司马奋扬杀太子。奋扬在未去之前,派人通知太子逃走,三月,太子就逃到宋国去了。王把奋扬叫来问罪,奋扬就叫城父人把自己绑起来送去。王问他:"话从我口里出来,进了你的

入于尔耳,谁告建也?"对曰:"臣告之。君王命臣曰:'事建如事余。'臣不佞,不能苟贰。奉初以还,不忍后命,故遣之。既而悔之,亦无及已。"王曰:"而敢来,何也?"对曰:"使而失命,召而不来,是再奸也。逃无所入。"王曰:"归。"从政如他日。

耳朵,是谁告诉太子的?"他说:"是我告诉的。当初大王吩咐我说:'侍奉太子要和侍奉我一样。'我虽无才,不敢轻易违命,只知道承奉你从前的命令办事,却不忍心遵照你后来的命令,所以把他放了。随后我也知道懊悔,但是来不及了。"王说:"你怎么还敢来?"他说:"既然没有遵命办事,叫来又不来,那就是犯了两重罪了,即使逃也没有地方可逃呀!"王说:"回去吧!"于是他回去办事,还照从前一样。

说 明

昭公十九年,费无极担心太子建登位后对自己不利,提议派太子建去镇守城父,名义上是派太子建管方城以外,由楚平王自己管方城以内。楚平王采纳了建议。

昭公二十年,费无极诬告太子建与伍奢密谋以齐、晋为外援发动叛乱。楚平王信以为真,召见伍奢,严加诘问。伍奢规劝楚平王不要亲小臣而疏骨肉,楚平王执迷不悟,把伍奢关押起来,派城父司马奋扬去杀死太子建,太子建逃到宋国。于是诏杀伍奢及其两个儿子。

【原文】

无极曰:"奢之子材,若在吴,必忧楚国,盍以免其父召之。彼仁,必

【译文】

费无极又说:"伍奢的儿子都很能干,若到了吴国,就要使楚国处于忧患了。何不说他来了就免他父亲的罪,他是个仁厚的人,一定会来,否则将来他恐怕要成为祸患。"王

来。不然，将为患。"王使召之，曰："来，吾免而父。"棠君尚谓其弟员①曰："尔适吴，我将归死。吾知不逮，我能死，尔能报。闻免父之命，不可以莫之奔也；亲戚为戮，不可以莫之报也。奔死免父，孝也；度功而行，仁也；择任而往，知也；知死不辟，勇也。父不可弃，名不可废，尔其勉之，相从为愈。"伍尚归。奢闻员不来，曰："楚君、大夫其旰②食乎！"楚人皆杀之。昭公二十年（公元前五二二年）

于是派人叫他，说："来，我免你父亲的罪。"伍奢的大儿子正做棠的地方长官，名叫伍尚，对他的兄弟伍员说："你奔往吴国吧，我去送死就是。我不如你聪明，我是肯死的，你是能报仇的。既然听说去了可以免父亲的罪，总不可以没有人去，至亲被人杀了，也总不可以没有人报仇。送死而救父为孝；估计实际而行动为仁；各负一种责任为智；明知送死而不避为勇。父亲是不可丢弃的，名义也不可废除的，你努力去干吧，总比死在一起的好。"伍尚回去之后，伍奢听说伍员不来，就说："楚国的国君和大夫恐怕饭都没有时间吃了。"楚国到底把他两人都杀掉①。

----

①吴国一开始是服从楚国的。但成公七年，楚国的巫臣被迫奔到晋国，替晋国做代表，到了吴国，就把中原车战的方法教给吴国，并且教唆吴国叛离楚国，从此以后，楚国便常受吴国的害了。这事发生在伍员到吴国之前五十年。

说 明

费无极不断离间楚平王和太子建的关系，嫉贤妒能，迫害太子师傅伍奢和左尹郤宛，导致伍子胥和伯嚭逃亡吴国，给楚国大乱埋下了伏笔。这也是后来伍员帮助吴国灭楚的祸事根源。

注 释

❶ "员"读作"云"。
❷ "旰"读作"干",去声,晚也。

【原文】

员如吴,言伐楚之利于州于。公子光曰:"是宗为戮而欲反其仇,不可从也。"员曰:"彼将有他志。余姑为之求士,而鄙以待之。"乃见鱄设诸焉,而耕于鄙。昭公二十年(公元前五二二年)

【译文】

伍员到了吴国,向州于(吴王僚)极力讲说伐楚的好处。公子光扬言说:"他一家被杀,所以想报仇,不要听他的话。"伍员心里说:"这人(指公子光)另有野心,我暂且替他物色人才,到乡下去再等机会吧!"于是介绍了一个勇士鱄设诸①给他,自己到乡下种田去了。

①即《史记》之专诸。

说 明

伍子胥到了吴国,吴王僚刚刚继位执政,公子光做将军。伍子胥通过公子光的关系求见吴王。过了许久,楚平王因为楚国与吴国的两个女子为争采桑叶互相厮打而大怒,以致两国兴兵交战。吴国派公子光讨伐楚国,攻破楚国的钟离、居巢凯旋。伍子胥劝吴王僚继续攻打楚国,但公子光不同意。伍子胥知道公子光有野心,想杀掉吴王而自立为王,又不能说穿此事,于是就将专诸推荐给公子光,自己退出朝廷躬耕于田野了。

【原文】

吴子欲因楚丧而伐之，使公子掩余、公子烛庸帅师围潜。使延州来季子聘于上国，遂聘于晋，以观诸侯。……

吴公子光曰："此时也，弗可失也。"告鱄设诸曰："上国有言曰：'不索何获？'我，王嗣也，吾欲求之。事若克，季子虽至，不吾废也。"鱄设诸曰："王可弑也。母老子弱，是无若我何。"光曰："我，尔身也。"夏四月，光伏甲于堀室而享王。王使甲坐于道，及其门。门阶户席，皆王亲也，夹之以铍①。羞②者献体改服于门外，执羞者坐行而入，执铍者夹承之，及体以相授也。光伪足疾，入于堀室。鱄设诸置剑于鱼中以进，抽剑刺王，铍交于胸，遂弑王。阖庐以其子为卿。……吴公子掩余奔徐，

【译文】

吴王打算趁楚国有丧事①，出兵攻楚。派公子掩余、公子烛庸两人带兵围潜城，派延州来②季子（季札）到北方各国访问，顺便访问晋国，调查列国情形。……

吴国的公子光③说："这是时机，不要失去了。"告诉鱄设诸说："上国有句俗话说：'不求怎能得到？'我原是王子，我想'求'一下，事情成功，季子即使回来也不会废我的。"鱄设诸说："王是可以杀掉的。可是我母老儿子小，怎样办呢？"公子光说："你的事就是我的事。"夏四月，公子光在地窖里埋伏了兵请王（僚）赴宴。王派兵沿街守卫一直到大门，从大门到堂阶，从门口到席次，都是王的亲兵。两边都用剑保护，上菜的人都要脱光了衣服，再换好，才许上去。拿饭菜的人跪着进去，两边用剑指在身上，一个个递上去。公子光假说脚有病，躲进地窖。鱄设诸把短剑放在鱼里面，抽出来刺王，登时鱄设诸被乱剑杀死，王也死了。阖庐④为了报鱄设诸的功劳，就用他的儿子做卿。……这样一来，公子掩余就奔到徐国，公子烛庸奔到钟吾。楚军听说吴国发生内乱，也撤回去了。

---

①楚平王死在前一年。②延、州来是两个地名，季札的封邑。③此时的吴王名僚，是公子光的

公子烛庸奔钟吾。楚师闻吴乱而还。

叔父。僚立为王,是公子光所不信服的。④吴国的王各有称号,公子光继位后称阖庐。

说 明

昭公二十七年,吴王僚趁楚平王驾崩,国内动荡之时,兴兵伐楚。由于国内空虚,阖庐加快了策动政变的步伐,并在吴王僚班师回朝的庆功宴上派专诸将剑藏在鱼腹中,趁上菜之机刺杀了吴王僚,这就是历史上著名的"专诸刺王僚"的故事。由此阖庐夺得吴国王位。

注 释

❶铍就是剑。

❷羞,古"馐"字,就是食物,羞者就是送食物的人。

【原文】

郤宛直而和,国人说之。鄢将师为右领,与费无极比而恶之。令尹子常贿而信谗,无极谮郤宛焉,谓子常曰:"子恶欲饮子酒。"又谓子恶:"令尹欲饮酒于子氏。"子恶曰:"我贱人也,不足以辱令尹。令尹将必来辱,为惠已甚。吾无以酬之,若何?"无极曰:"令尹好甲

【译文】

楚国的郤宛为人既正直又温和,国人都喜欢他。鄢将师官居右领,与费无极是一党,却都很不喜欢他。令尹子常(囊瓦)贪财而又听信谗言,费无极就设法害郤宛,对子常说:"子恶(郤宛)想请你喝酒。"又对子恶说:"令尹想到你府上喝酒。"子恶说:"我是地位低下的人,怎敢劳驾令尹,令尹一定要光临,那太荣幸了。我又没有什么东西可以报效,怎么办呢?"费无极说:"令尹喜欢

兵，子出之，吾择焉。"取五甲五兵，曰："置诸门，令尹至，必观之，而从以酬之。"及飨日，帷诸门左。无极谓令尹曰："吾几祸子。子恶将为子不利，甲在门矣，子必无往。且此役也，吴可以得志，子恶取赂焉而还，又误群帅，使退其师，曰：'乘乱不祥。'吴乘我丧，我乘其乱，不亦可乎？"令尹使视郤氏，则有甲焉。不往，召鄢将师而告之。将师退，遂令攻郤氏，且蓺①之。子恶闻之，遂自杀也。国人弗蓺，令曰："不蓺郤氏，与之同罪。"或取一编菅焉，或取一秉秆焉，国人投之，遂弗蓺也。令尹炮②之，尽灭郤氏之族党，杀阳令终与其弟完及佗与晋陈及其子弟。晋陈之族呼于国曰："鄢氏、费氏自以为王，专祸楚国，弱寡王室，蒙王与令尹以自利也。令尹尽信之矣，国将如何？"令尹病之。……

盔甲和兵器，你拿点出来，让我来挑选。"他挑了五副盔甲、五件兵器，告诉他："放在大门口，令尹一来到，一定要看的，你就报效他好了。"到了请客那天，在大门口张起帷幕，放在里面。于是费无极告诉令尹说："我差一点害了你，子恶要不利于你，兵已经埋伏在大门口，你千万不要去。并且这回的战事，本可以打败吴国的，子恶得了贿赂，所以退兵，又误了一班将帅，叫他们都退兵，说：'乘人之乱是不祥的。'其实吴国既乘我之丧，我乘他们之乱，有什么不可呢？"令尹派人去郤家看，果然有兵，就不去了。把鄢将师叫来，告诉他这件事，鄢将师下去就下令攻打郤家，放起火来。子恶听见，就自杀了。国人都不肯放火，于是下令说："不放火烧郤家，就和他们得同样的罪。"有的人只取一片草席、一把禾秆，丢过去，敷衍一下，到底不肯放火。令尹把郤宛的尸首烧了，郤氏一族都被害。同时被杀的有阳令终和他的兄弟完及佗两人，还有晋陈和他的子弟。晋陈的族人在国中呼号说："鄢氏、费氏自以为王，擅自危害楚国，使王室孤立无援，他们把王和令尹都蒙蔽了，谋取自己的利益，令尹完全信他的话，国家怎么得了啊！"令尹听见了，也觉得不安起来。……

说 明

楚平王去世后，楚昭王继位，囊瓦担任令尹，郤宛任左尹。郤宛为人正直，很得人心，遭到费无极的嫉恨。令尹囊瓦贪求财物而听信谗言，费无极欲诬陷郤宛，于是设局让郤宛邀请囊瓦宴饮。到了宴会那天，费无极对囊瓦说郤宛要对他不利，让他不要去参加宴会。囊瓦大怒，下令攻打郤氏。郤宛听说后自杀，囊瓦诛杀郤氏一族，只有同宗伯氏的儿子嚭逃到了吴国。

注 释

❶爇是放火。
❷炮是将人烧死。

【原文】

楚郤宛之难，国言未已，进胙者莫不谤令尹。沈尹戌言于子常曰："夫左尹与中厩尹，莫知其罪，而子杀之，以兴谤讟，至于今不已。戌也惑之。仁者杀人以掩谤，犹弗为也。今吾子杀人以兴谤，而弗图，不亦异乎？夫无极，楚之谗人也，民莫不知。去朝吴，出蔡侯朱，丧太子建，杀连尹奢，屏王之耳目，使不聪明。不

【译文】

楚国发生郤宛的这次乱事，国内谣言不止，凡去祭祀的没有不诅咒令尹的。沈尹戌向子常进言说："左尹（郤宛）和中厩尹（阳令终）并没有罪行，你就把他们杀了。大家都议论纷纷至今不息。据我所知，仁人即使为了免人议论而杀人，都不肯，现在你却杀人来招议论，还不做打算，这不是怪事吗？这费无极本是楚国的谗人，没有人不知道，从前把朝吴从蔡国赶走，使蔡侯朱失国，失掉太子建，杀掉连尹伍奢，把王的耳目都除掉，使他听也听不见，看也看不见。否则，

然，平王之温惠共俭，有过成、庄，无不及焉。所以不获诸侯，迩无极也。今又杀三不辜，以兴大谤，几及子矣。子而不图，将焉用之？夫鄢将师矫子之命，以灭三族，国之良也，而不愆位。吴新有君，疆场①日骇，楚国若有大事，子其危哉！知者除谗以自安也，今子爱谗以自危也，甚矣其惑也！"子常曰："是瓦②之罪，敢不良图。"九月己未，子常杀费无极与鄢将师，尽灭其族，以说于国。谤言乃止。昭公二十七年（公元前五一五年）

以平王为人的温惠恭俭，比起成王、庄王，只有更好，并无不及，其所以不为列国所推戴，都是因为亲近费无极的缘故。现在又杀了三家无罪的人，以至惹起重大的批评，已经快到你自己身上了，你还不做打算，这是为什么呀？鄢将师遣人矫传你的命令灭了三个家族，这都是国家优秀的人，又没有职务上的过失。吴国正立了新君，边境上常有警报，楚国若有大事，你真危险啊！贤明的人只有除去谗人以求平安的，你倒爱护谗人以危及自己，实在不可解啊！"子常说："这确是我的罪，怎敢不好好想办法？"九月己未，子常把费无极和鄢将师都杀了，连他们的宗族一起灭尽，以求国人的谅解，这才不议论了。

说 明

楚国百姓不喜欢费无极，因为他的谗害，诛杀忠臣，导致伯嚭及伍子胥逃奔吴国后，吴军多次侵袭楚国。吴楚争霸失利，国人怨恨费无极，子常诛杀无极以取悦民众。

注 释

❶场读作"易"，疆场指边境。

❷瓦是子常的名字。

【原文】

吴子问于伍员曰:"初而言伐楚,余知其可也,而恐其使余往也,又恶人之有余之功也。今余将自有之矣,伐楚何如?"对曰:"楚执政众而乖,莫适任患。若为三师以肄①焉,一师至,彼必皆出。彼出则归,彼归则出,楚必道敝。亟肄以罢之,多方以误之。既罢而后以三军继之,必大克之。"阖庐从之,楚于是乎始病。昭公三十年(公元前五一二年)

【译文】

吴王问伍员说:"从前你主张伐楚,我知道是对的,只是恐怕叫我去,又不愿意叫别人占了我的功劳。现在我可以自己占有了,伐楚怎样?"他说:"楚国执政的人多,而不一致,且都不肯负责。假使我们派出三支兵来扰害他们,一支兵到,他们都会出来;他们一出来,我们就回去;他们一回去,我们又出来。那样,他们就要奔波于道路,几回扰害使他们疲乏,几种计策叫他们上当。疲乏之后,再出全军跟上去,一定大获全胜。"阖庐用了他的计策,楚国大受其害。

说明

伍子胥奔吴以后,就想运动吴国伐楚报仇,但吴公子光(即后来的吴王阖庐)正想篡位,所以伍子胥不能不先替他设法达到这个目的,再借他的力量报仇。此时恰好楚国有费无极一班小人滥行杀戮、败坏纲纪,给了吴国可乘之机,也酿成楚国几乎亡国的惨剧。

注释

❶肄,劳也。

【原文】

蔡昭侯为两佩与两裘，以如楚，献一佩一裘于昭王。昭王服之，以享蔡侯，蔡侯亦服其一。子常欲之，弗与，三年止之。唐成公如楚，有两肃爽①马，子常欲之，弗与，亦三年止之。唐人或相与谋，请代先从者，许之。饮先从者酒，醉之，窃马而献之子常。子常归唐侯，自拘于司败，曰："君以弄马之故，隐君身，弃国家，群臣请相夫人以偿马，必如之。"唐侯曰："寡人之过也，二三子无辱。"皆赏之。蔡人闻之，固请而献佩于子常。子常朝，见蔡侯之徒，命有司曰："蔡君之久也，官不共也。明日，礼不毕，将死。"蔡侯归，及汉，执玉而沈，曰："余所有济汉而南者，有若大川。"蔡侯如晋，以其子元与其大夫之子为质焉，而请伐楚。定公三年（公元前五〇七年）

【译文】

蔡昭侯制了两件玉佩和两件皮衣，到了楚国，送一套与楚昭王。昭王穿戴起来，请蔡侯宴会，蔡侯也穿戴了同样的一套。子常想要他的，他不肯，于是扣留了他三年不放。唐成公到楚国，有两匹肃爽的马，子常也想要他的，他也不肯，也扣留了他三年不放。唐国就有人出了个主意，要求让从前随从的人换班回来。楚国答应了。这班新的人来到了，请从前随从的人喝酒，灌醉了，把马偷出来送给子常，子常就把唐侯放回去了。这班人向司法官自首说："国君为了玩马而亲身受罪，弃了国家，我们大家情愿替管马的人帮忙再找来同样的马赔上。"唐侯说："这是我错了，请各位不必这样。"并且还酬谢了他们。蔡国人听见这个消息，也就极力劝蔡侯把玉佩献给子常。子常入朝的时候，看见蔡侯的随从，就吩咐办事的人说："蔡君久留此地，都是因为准备不周到，明天你们若还不赶快办好，你们都要处死。"蔡侯回去，走到汉水，拿了一块玉投到水里说："我若再渡汉水往南，有此河为证！"①于是蔡侯到了晋国，派自己儿子元和一班大夫的儿子做人质，要求伐楚。

---

①这是古人发誓的惯语。

说　明

昭公三十二年，唐成公和蔡昭侯来朝见楚王，子常得知他们有宝马、玉佩，便向他们索要，两位侯爵都不肯，于是子常向昭王进言，说他们将会为吴国做向导攻打楚国，使两位侯爵被囚三年，向子常交出宝物后才脱身。其中蔡昭侯为了雪耻，把长子送到晋国为质，晋国一度纠合十七国联军伐楚，但由于蔡昭侯据理力争，拒绝了晋国执政者的索贿，伐楚流产。蔡昭侯转而请求吴王阖庐，终于酿成定公四年的柏举之战。

注　释

❶肃爽大概是洁白的意思。

【原文】

沈人不会于召陵，晋人使蔡伐之。夏，蔡灭沈。秋，楚为沈故，围蔡。伍员为吴行人以谋楚。楚之杀郤宛也，伯氏之族出，伯州犁之孙嚭为吴大宰以谋楚。楚自昭王即位，无岁不有吴师。蔡侯因之，以其子乾与其大夫之子为质于吴。冬，蔡侯、吴子、唐侯伐楚。舍舟于淮汭，自豫章与楚夹

【译文】

沈国不参加召陵之会①，晋国指使蔡国去讨伐，夏天，蔡国把沈国灭了。到了秋天，楚国为了援助沈国，起兵围蔡。此时伍员已经做了吴国的行人②，计划对付楚国。楚国杀郤宛的时候，伯氏一家都亡命，伯州犁的孙子嚭做了吴国的太宰③，也计划对付楚国。楚国自从昭王继位，每年都与吴国军队有纷争。蔡侯利用这个机会，就派了自己儿子乾和一班大夫的儿子到吴国做人质。到了冬天，蔡、吴、唐三国国君都来伐楚，将船留在淮水边，从豫章而上，和楚军隔着汉水相对。左司马④戍向子常建议说："你沿着汉水与他们相

汉。左司马戌谓子常曰："子沿汉而与之上下，我悉方城外以毁其舟，还塞大隧、直辕、冥厄①，子济汉而伐之，我自后击之，必大败之。"既谋而行。武城黑谓子常曰："吴用木也，我用革也，不可久也。不如速战。"史皇谓子常："楚人恶子而好司马，若司马毁吴舟于淮，塞城口而入，是独克吴也。子必速战，不然不免。"乃济汉而陈②，自小别至于大别。三战，子常知不可，欲奔。史皇曰："安求其事，难而逃之，将何所入？子必死之，初罪必尽说。"十一月庚午，二师陈于柏举。阖庐之弟夫概王，晨请于阖庐曰："楚瓦不仁，其臣莫有死志，先伐之，其卒必奔。而后大师继之，必克。"弗许。夫概王曰："所谓'臣义而行，不待命'者，其此之谓也。今日我死，楚可入也。"以

持，我去动员方城外的兵力，把他们的船只毁掉，回头把大隧、直辕、冥厄三关堵住。然后你渡过汉水进攻，我再从后方进攻，一定大胜。"商量定了，他就出发了。武城黑又来向子常建议说："吴国兵器以木为主，我们兵器以皮革为主，不能持久。不可耽误时机，不如速战。"史皇又劝子常："楚国人都不赞成你而赞成司马。若司马把淮水边的吴国船只毁掉，堵住城口进兵，那就是他一人获得战胜吴国的声名了，你一定要速战，不然，就免不了祸患。"于是渡过汉水，列起阵来，又从小别打到大别，战了三次，子常知道不成功了，想一跑了事。史皇说："太平时候取得政权，有了灾难就想逃，逃到哪里去呢？你必须死战，从前的罪恶才可以得人原谅。"十一月庚午日，两军在柏举列阵。阖庐的兄弟夫概王清早向阖庐建议说："楚国的囊瓦（子常）是个不仁之人，臣下都没有奋斗到死的决心，先伐他，他的兵必溃散，然后大军跟上去，一定得胜。"阖庐不答应他。夫概王就说："'做臣下的看见合理的事就应当实行，不必等候命令。'这句话就为今日而讲的了。我即使死了，楚国也是可以攻进去的。"于是带了他的部下五千人先攻子常的兵，子常的兵一溃散，楚军就乱了，吴军把他们打得大败。子常逃往郑国，史皇带着兵车队也

其属五千,先击子常之卒。子常之卒奔,楚师乱,吴师大败之。子常奔郑。史皇以其乘广死。吴从楚师,及清发,将击之。夫概王曰:"困兽犹斗,况人乎?若知不免而致死,必败我。若使先济者知免,后者慕之,蔑有斗心矣。半济而后可击也。"从之。又败之。楚人为食,吴人及之,奔。食而从之,败诸雍澨,五战及郢③。

战死了。吴军追楚军,到了清发⑤,正要再进攻,夫概王说:"兽被困住,尚且死斗,何况人呢?他们若知道逃不了,拼起命来,必然能把我们打败,若是让先渡过的人知道可以逃生,后来的人有了希望,就没有死斗的决心了。渡过一半,方才可以进攻。"听了他的话,果然又把楚军打败一次。楚军正在做饭,吴兵追到了,饭也顾不得吃了,追上去,又在雍澨把他们打败了,总共打了五仗,就到了楚国的国都郢。

---

①晋国在这一年联合了各国会于召陵以谋伐楚。②行人就是当时的外交官。③吴越等国常用其他国家的人担任重要职务,渐开战国风气。④左司马是军事长官。⑤清发是水名。

说 明

柏举之战是由吴王阖庐率领的三万吴国军队深入楚国,击败楚军二十万主力,继而占领楚都的远程进攻战。此战是中国古代军事史上以少胜多、快速取胜的成功战例。此战中,子常不听从沈尹戍的计策,导致楚军大败。子常不敢回国,逃到郑国。昭王得知后,痛骂子常:"误国奸臣,偷生于世,犬豕不食其肉!"

注 释

❶三关(指大隧、直辕、冥厄)在今湖北河南交界的武胜关等处。
❷古"阵"字作"陈"。
❸郢是楚国都城,在今湖北荆州江陵西北。

【原文】

己卯，楚子取其妹季芈、畀我以出。涉睢，箴尹固与王同舟，王使执燧象①以奔吴师。庚辰，吴入郢，以班处宫。子山处令尹之宫，夫概王欲攻之，惧而去之，夫概王入之。左司马戌及息而还，败吴师于雍澨，伤。初，司马臣阖庐，故耻为禽焉。谓其臣曰："谁能免吾首？"吴句卑曰："臣贱，可乎？"司马曰："我实失子，可哉！"三战皆伤，曰："吾不可用也已。"句卑布裳，刭而裹之。藏其身而以其首免。

【译文】

己卯这一天，楚王只把他的妹子季芈和畀我带走，渡过睢水，和王坐在一条船上的是箴尹固，王就派了他去用"火象阵"突击吴兵。庚辰这一天，吴军进占郢城。按照等级占领了官府，子山（吴王的儿子）占住令尹府，夫概王要和他抢，他害怕起来，只得搬走，夫概王就进去占有了。左司马戌走到息城，听到消息，只得回头，在雍澨遇见吴军，打了一个胜仗，可是自己也受伤了。从前司马戌曾经做过阖庐的下属，所以不甘心再做俘虏，问他的部下："谁能替我保住头颅不受辱于敌人？"吴句（勾）卑说："我的位次卑贱，我可以不可以呢？"司马戌说："可惜我以前没有认识你，你当然可以的！"再战了三次，都受了伤，就说："我不中用了。"吴句（勾）卑正穿着布裙，就割下他的头颅裹好，把尸身埋好，带着头颅脱险了。

说明

楚军失去主帅，惨败溃逃。此后，吴军又连续五战击败楚军，一路向郢都扑去。楚昭王得知前线兵败，不顾大臣子期、子西的反对，带领亲信逃走。昭王西逃的消息传到军前，楚军立即溃散，子期率部分精兵赶去保护楚王，子西则率残兵西逃。柏举之战遂以吴军的胜利而告结束。

注释

❶意思是将火把装在象的身上冲击敌兵,大概是楚国特有的战术。

【原文】

楚子涉睢济江,入于云中。王寝,盗攻之,以戈击王。王孙由于以背受之,中肩。王奔郧,钟建负季芈以从,由于徐苏而从。郧公辛之弟怀将弑王,曰:"平王杀吾父,我杀其子,不亦可乎?"辛曰:"君讨臣,谁敢仇之?君命,天也,若死天命,将谁仇?《诗》曰:'柔亦不茹,刚亦不吐,不侮矜①寡,不畏强御。'唯仁者能之。违强陵弱,非勇也。乘人之约,非仁也。灭宗废祀,非孝也。动无令名,非知也。必犯是,余将杀女。"斗辛与其弟巢以王奔随。吴人从之,谓随人曰:"周之子孙在汉川者,楚实尽之。天诱其

【译文】

楚王走过睢水,渡江到了云梦之中,王正睡觉,有刺客来袭击,用戈砍王,王孙由于连忙用自己的背来挡,被砍中了肩部。王登时逃往郧城,钟建背着季芈同走。由于慢慢醒来,也同走了。郧公斗辛的兄弟名怀,打算把王杀掉,他说:"平王杀了我的父亲①,我杀他的儿子,有什么不可以?"斗辛说:"国君讨臣下的罪,谁敢报复?君命等于天命,死于天命,又向谁报复呢?《诗经》上说:'柔软的也不吞下,刚硬的也不吐出,不欺侮鳏寡,也不畏惧强硬。'只有仁人能够这样。躲开强的,欺负弱的,不能算勇。乘人的危困,不能算仁。犯罪而受灭族的罪名,不能算孝。做事而得不到好名誉,不能算智。你若一定不听,我就先杀你。"斗辛和他的兄弟斗巢保护王又奔随国。吴国人又跟踪来了,告诉随国人说:"周室子孙在汉川的都被楚国灭完了②,现在天意要降罚楚国,你却把他收容起来,周室有什么罪呢?你若是顾念周室,使我沾光,以顺天意,那就是你的好意了,汉水北面的田,都是你的了。"楚

衷，致罚于楚，而君又窜之。周室何罪？君若顾报周室，施及寡人，以奖天衷，君之惠也。汉阳之田，君实有之。"楚子在公宫之北，吴人在其南。子期似王，逃王，而己为王，曰："以我与之，王必免。"随人卜与之，不吉。乃辞吴曰："以随之辟小而密迩于楚，楚实存之，世有盟誓，至于今未改。若难而弃之，何以事君？执事之患，不唯一人。若鸠楚竟，敢不听命？"吴人乃退。镬金初官于子期氏，实与随人要言。王使见，辞曰："不敢以约为利。"王割子期之心，以与随人盟。

王住在随宫的北面，吴兵就在南面。子期（昭王的哥哥）相貌和王差不多，他叫王逃走，自己来冒充王，告诉随人说："把我交出去，王就可以脱险了。"随人把这事占卜一下，结果交出去是不吉的。于是谢绝吴国说："随国是个偏僻而弱小的国家，离楚国非常之近。靠楚国保存，世代都有盟约，至今未改。假使在患难中抛弃了它，又怎么可以侍奉你呢？能害你的也并不止楚王一个人。只要你能够把楚国全境都安定下来，我又怎敢不听命？"吴人方才退去。镬金原来是在子期家中做官的，与随人交涉的就是他，王听见这事，叫他来见面，他说："不敢借着这种盟约为自己谋好处。"谢绝了，王于是刺了子期心前的血和随人定了盟。

---

①他的父亲是令尹子旗（蔓成然），平王因为他恃有拥戴之功，要求太过，把他杀了，但仍念他的功劳，叫他的儿子斗辛做郧公，事在昭公十四年。②随国也是周室的子孙，与吴国同为姬姓。

说 明

楚昭王出逃后，先逃到云梦，再逃到郧国，郧公之弟企图谋杀楚昭王。后来楚昭王流亡到随国，吴军尾追而至，随国拒不交出楚昭王，吴军只得撤退，楚昭王得以脱离险境。楚国在楚昭王和以后的几个时期里因对随人在危机时刻的救援感恩戴德而没有消灭它，但大国一统的趋势终究不能避免。战国初年，在楚人对随人曾经的感激渐渐淡去之后，这个小小的诸侯国也最终被楚人灭国。

注 释

❶ "矜"读作"鳏"。

【原文】

初，伍员与申包胥友。其亡也，谓申包胥曰："我必复楚国。"申包胥曰："勉之，子能复之，我必能兴之。"及昭王在随，申包胥如秦乞师，曰："吴为封豕、长蛇，以荐食上国，虐始于楚。寡君失守社稷，越在草莽。使下臣告急，曰：'夷德无厌，若邻于君，疆埸之患也。逮吴之未定，君其取分焉。若楚之遂亡，君之土也。若以君灵抚之，世以事君。'"秦伯使辞焉，曰："寡人闻命矣。子姑就馆，将图而告。"对

【译文】

当初，伍员和申包胥是好朋友，伍员亡命的时候，对申包胥说："我一定要颠覆①楚国。"申包胥说："那么，你好好去干吧！你能颠覆它，我一定能使它复兴。"等到昭王在随国的时候，申包胥就到秦国去求援兵，说："吴国如大的野猪、长的毒蛇一般，一点一点侵食中原国家，从残害楚国开始。我们国君守不住国家，以致流落在外，现在派我来告急，说：'蛮夷的性格是永不知足的，若是和你们接境，那就要在你们的边界上生事了。趁吴国还没有平定的时候，你也来分一分利益吧！假使楚国就此灭亡，这就是你的土地了。果真借你的威力能安抚我们，我们一定世世代代服从你。'"秦伯叫人婉言谢绝，他说："我知道了，请你先在客馆休息，等我商量定了再通知你。"他说："我们国君流落在外，还不知何处存身，我怎敢自便？"于是站着靠着院墙就哭起来，哭声日夜不绝，一口水都没有喝。一共七天。秦哀公听说这样，大为感动，就念起《无衣》②的诗来，申包胥

曰:"寡君越在草莽,未获所伏。下臣何敢即安?"立,依于庭墙而哭,日夜不绝声,勺饮不入口七日。秦哀公为之赋《无衣》,九顿首而坐,秦师乃出。定公四年(公元前五〇六年)

听了,起来道谢,坐在地下叩了九个头。秦军于是出发了。

————

①原文"复"字应当作"覆"字讲才通,杜注解作"报复",则不能与下文"兴"字对。今参照《史记》译出。②《无衣》是秦国的诗,在现在《诗经》的《秦风》里头,最后一章说:"岂曰无衣?与子同裳。王于兴师,修我甲兵,与子偕行。"表示军人奋勇同赴国难的意思。这就表示答应申包胥的请求了。

说 明

申包胥面对楚国危在旦夕的局面,毅然长途跋涉前往秦国请求援兵,并用七天不吃不喝、日夜哭泣的举动打动了秦哀公,使秦国发兵救楚,让楚国转危为安。申包胥的这一事迹既保全了楚国社稷,也弘扬了忠君爱国的精神。

【原文】

申包胥以秦师至,秦子蒲、子虎帅车五百乘以救楚。子蒲曰:"吾未知吴道。"使楚人先与吴人战,而自稷会之,大败夫概王于沂。吴人获薳射①于柏举,其子帅徒以从子西,败吴师于军祥。秋七月,子期、子蒲灭唐。九月,夫概王归,自立也。以与王战而败,奔楚,

【译文】

申包胥带了秦军同来,秦国的子蒲、子虎率领兵车五百乘来救楚。子蒲说:"我们还不熟习吴国的作战方法。"叫楚兵先和吴兵交战,然后从稷的地方合攻,把夫概王在沂的地方打得大败。吴兵在柏举俘虏了薳射,他的儿子就收集了残兵跟着子西在军祥击破吴兵。秋七月,子期、子蒲联合起来,把唐国灭了。九月,夫概王回国,自立起来,和阖庐相争,夫概王

为堂溪氏。吴师败楚师于雍澨，秦师又败吴师。吴师居麇，子期将焚之，子西曰："父兄亲暴②骨焉，不能收，又焚之，不可。"子期曰："国亡矣！死者若有知也，可以歆③旧祀，岂惮焚之？"焚之，而又战，吴师败。又战于公婿之溪，吴师大败，吴子乃归。定公五年（公元前五〇五年）

失败，逃到楚国，就是后来的堂溪氏。吴军在雍澨打败了楚军，秦军又把吴军打败了。吴军驻在麇的地方。子期打算放火烧这地方。子西说："父兄都战死在这里，骸骨都没有收葬，又来放火，是不对的。"子期说："国都要亡了，若是死者有知，只要可以重享祭祀，还怕什么放火？"于是放了火再交战，吴军败了。又在公婿之溪交战，吴军又大败。吴王就此回去了。

说 明

楚国子常贪功冒进是图事败坏的根源，所以吴兵能长驱直入，攻占楚国国都。但是倚仗楚国人的忠勇，楚国还能屡败屡战。而吴国之所以虽战胜而最终败走，也是由于内部之不一致，所以楚国才有可乘之机以谋复兴。从此以后，吴国再也没有西侵的念头，楚国仍然维持强大的地位，一直到秦始皇统一。

注 释

❶ "蘧射"读作"委亦"。
❷ 古"曝"字作"暴"。
❸ 歆，享也。

【原文】

四月己丑，吴大子终累败

【译文】

四月己丑，吴国太子终累把楚国

楚舟师，获潘子臣、小惟子及大夫七人。楚国大惕，惧亡。子期又以陵师①败于繁扬。令尹子西喜曰："乃今可为矣。"于是乎迁郢于鄀，而改纪其政，以定楚国。定公六年（公元前五〇四年）

的水师打败了，俘虏了楚国将领潘子臣、小惟子和其他的大夫七个人。楚国人十分害怕有亡国的危险。子期所统的陆军又在繁扬打了败仗。令尹子西倒欢喜起来，说："这才有办法了。"于是把都城从郢迁到鄀，将政治制度重新加以规定，然后楚国趋于稳定。

说 明

这一次楚国的处境是非常艰难的，亡而幸存，存而又败，可想见三年之中，死伤之多，焚掠之惨。然而正因为外患逼迫，倒可以勉励国民唤起警惕之心，也正好把旧的恶习借此洗涤干净。迁都不仅是为了国防，也是为了使气象一新。"改纪其政，以定楚国"八个字包括无数的事实。从此以后，楚国因败而埋头苦干，又一天天强盛起来，吴国因胜而志得意满，反而一天天衰败下去，古人"多难兴邦"之说，也不是完全没有道理的。

注 释

❶陵师就是陆军。

【原 文】

吴伐越，越子勾践御之，陈于檇李①。勾践患吴之整也，使死士再禽焉，不动。使罪人三行，属剑于

【译 文】

吴伐越①，越王勾践在檇李迎击。吴军阵容整肃，使勾践很为难，他就派些敢死队故意送给他们去俘虏，而吴军仍不动。于是又派出死罪囚犯列为三行，让他们自

颈，而辞曰："二君有治，臣奸旗鼓，不敏于君之行前，不敢逃刑，敢归死。"遂自刭也。师属之目，越子因而伐之，大败之。灵姑浮以戈击阖庐，阖庐伤将指，取其一屦。还，卒于陉，去槜李七里。夫差使人立于庭，苟出入，必谓己曰："夫差！而忘越王之杀而父乎？"则对曰："唯，不敢忘！"三年，乃报越。定公十四年（公元前四九六年）

己用剑指着颈项说："两君治兵，我们犯了军令，在你的队伍前显得不才，我们不敢逃刑，以死谢罪。"说完这话，一个一个都自杀了。吴兵看见这种怪剧，看得发起呆来，越王乘机进攻，把吴兵打得大败。他的部下灵姑浮用戈击阖庐，击伤了他的大脚趾，抢到他的一只鞋子。阖庐退兵，就在离槜李七里的陉地死去。夫差继位以后，叫人在宫院里站着，每逢出进，必定对自己说："夫差啊！你忘记越王杀了你的父亲吗？"接着自己必应答："不敢忘记！"隔了三年，就起兵伐越。

---

①吴伐楚的那一年，越兵也乘虚侵入吴国，所以此次伐越报复。

说 明

夫差因伍子胥以死争之于阖庐，乃被立为太子。定公十四年，其父阖庐被越王勾践打败，伤重身死。后夫差继位，誓报父仇。夫差继承王位后，励精图治，任用伍子胥等人，整顿军队，大败越王勾践，一度使吴国达到了鼎盛。

注 释

❶ "槜"音"醉"，槜李在今浙江嘉兴西南。

【原文】

吴王夫差败越于夫椒，报槜李也。遂入越。越子以甲楯五千，保于会稽。使大夫种因吴大宰嚭以行成，吴子将许之。伍员曰："不可，臣闻之，树德莫如滋，去疾莫如尽。昔有过浇杀斟灌以伐斟鄩，灭夏后相。后缗方娠，逃出自窦，归于有仍，生少康焉，为仍牧正。惎浇，能戒之。浇使椒求之，逃奔有虞，为之庖正，以除其害。虞思于是妻之以二姚，而邑诸纶，有田一成，有众一旅，能布其德而兆其谋，以收夏众，抚其官职。使女艾谍浇，使季杼诱豷，遂灭过、戈，复禹之绩。祀夏配天，不失旧物。今吴不如过，而越大于少康，或将丰之，不亦难乎？勾践能亲而务施，施不失人，亲不弃劳。与我同壤而世为仇雠，于是乎克而弗取，将又存之，违天而长寇

【译文】

吴王夫差在夫椒打败了越军，就是为报槜李之仇。越王收集携带甲盾的残兵五千人守住会稽，派大夫种走吴国太宰嚭的路线，请求讲和，吴王预备应允了。伍员说："不可。据我所知，好的事情要缓缓建立，坏的事情要彻底清除。古时过国的浇杀了斟灌，又伐斟鄩，灭了夏后相。相的妻子缗正怀着身孕，从墙洞里逃了出来，回到仍国，生下少康，长大了做仍国的牧官长。既恨浇，而且又能提防他，于是浇派椒去谋害他，他就逃到虞国，做他们的膳官长，免了仇人之害。虞思以二女嫁给他，以纶的地方封他。有了十方里的土地，五百人的兵力，从此把恩德散布起来，开始计划，收集夏朝旧人，抚定他们的职务。派女艾侦察浇的情况，派季杼引诱豷，到底把过、戈两国灭了，恢复禹的疆域，祭祀夏朝，依旧配天，不改旧章。现在吴之强还不及过，而越比少康大得多了。恐怕还要扩充起来，不更难了吗？勾践为人能爱人而好施惠，所施能得人之用，所爱也不遗弃人的功劳。与我们同在一方，而世为仇敌。既然打胜了，还不灭掉，倒要保存它，那是违反天意，帮助仇人，将来后悔要来不及了。姬姓之衰

仇，后虽悔之，不可食已。姬之衰也，日可俟也。介在蛮夷而长寇仇，以是求伯①，必不行矣。"弗听。退而告人曰："越十年生聚，而十年教训，二十年之外，吴其为沼乎！"……

亡，指日可待了。在蛮夷之间而帮助仇人，这样想成霸业，一定不成功的。"夫差不听。伍员下来告诉人说："越国用十年时间聚起来，又十年时间训练起来，二十年后，吴国都城要变成一片野水了。"①……

①意思是说吴国都城要残破荒凉了。

说 明

夫差继位后，打败了越国，越王勾践投降，伍子胥认为应一举消灭越国，但是夫差为伯嚭所谗，不听"联齐灭越"的主张。伯嚭乘机进谗言，诬陷伍子胥有谋反之心。夫差便赐死伍子胥。

注 释

❶古"霸"字作"伯"。

【原文】

吴之入楚也，使召陈怀公。怀公朝国人而问焉，曰："欲与楚者右，欲与吴者左。"陈人从田，无田从党。逢滑当公而进，曰："臣闻国之兴也以福，其亡

【译文】

吴军攻入楚国的时候，派人征召陈怀公，怀公召集国人，征求大众意见，说："赞成帮楚国的站到右边，赞成帮吴国的站到左边。"陈国人按自己田地所在，在西的就往左边，在东的就往右边，没有田地的，就跟着自己朋友往右往左，没有主见。只有逢滑不偏左右，正中对着怀公

也以祸。今吴未有福，楚未有祸。楚未可弃，吴未可从。而晋，盟主也，若以晋辞吴，若何？"公曰："国胜君亡，非福而何？"对曰："国之有是多矣，何必不复？小国犹复，况大国乎？臣闻国之兴也，视民如伤，是其福也。其亡也，以民为土芥，是其祸也。楚虽无德，亦不艾杀其民。吴日敝于兵，暴骨如莽，而未见德焉。天其或者正训楚也！祸之适吴，其何日之有？"陈侯从之。及夫差克越，乃修先君之怨。……

说："据我所知，国家有福则兴，有祸则亡，现在吴国并没有福，楚国也并没有祸，楚国不见得可以背弃，吴国也不见得可以依从。至于晋国，原是诸侯的盟主，假如借口于晋国以谢绝吴国，你看怎样？"怀公说："国也败了，君也逃了，还不是祸是什么？"他说："国家这种事是常有的，怎么知道不能复兴呢？小国还能复兴，何况大国？据我所知，国家兴盛的时候，唯恐伤了人民，这就是福。败亡的时候，把人民轻看得和草一般，这就是祸。楚国固然无德，但还没有拿它的人民去送死。吴国却天天动兵，尸骸暴露在野地上，一点也看不出恩德。天或者借此给楚国一个教训吧！吴国的祸事不定哪一天要到的。"陈侯依了他的话。及至夫差打败了越国，又来寻从前的仇。……

说 明

定公四年，吴军攻入楚都，吴王阖庐派使召见陈怀公，使其附吴。陈怀公见吴、楚胜负未显，拒绝与吴结盟。哀公元年，吴王以此旧怨侵伐陈国未果。哀公六年，吴王再次伐陈。因楚之先君曾与陈结盟，楚昭王遂发兵救陈，驻军于城父。同年七月，楚昭王卒于城父军中，王兄子闾、子西、子期密发军队，迎立楚惠王，撤军而还。

【原文】

吴师在陈，楚大夫皆惧，曰："阖庐惟能用其民，以败我于柏举。今闻其嗣又甚焉，将若之何？"子西曰："二三子恤不相睦，无患吴矣。昔阖庐食不二味，居不重席，室不崇坛，器不彤镂，宫室不观，舟车不饰，衣服财用，择不取费。在国，天有灾疠，亲巡孤寡，而共其乏困。在军，熟食者分，而后敢食。其所尝者，卒乘与焉。勤恤其民而与之劳逸，是以民不罢劳，死知不旷。吾先大夫子常易之，所以败我也。今闻夫差次有台榭陂池焉，宿有妃嫱嫔御焉。一日之行，所欲必成，玩好必从。珍异是聚，观乐是务，视民如仇，而用之日新。夫先自败也已。安能败我？"哀公元年（公元前四九四年）

【译文】

吴军在陈国的时候，楚国的大夫都害怕，说："阖庐就是因为能够指挥他的民众，所以在柏举打败了我们，现在听说他的儿子更厉害，怎得了呢？"子西说："各位只愁大家不齐心，不必愁吴国的事了。从前阖庐不吃两样菜，不坐两层席子，住的房子不起高台，用的器皿不加雕漆，宫室不筑台榭，舟车不讲装饰，衣服财用不求华丽。在国内的时候，天有灾殃疾疫，必亲自巡视孤寡加以赈济。在军中的时候，饭食已经分给士兵，自己方才肯吃。吃的东西是和士兵一样的。对于人民非常体贴，同甘共苦，所以人不疲劳，就是死了也知道不至于被遗弃。而我们的先大夫子常轻看了他，所以打败了我们。现在听说夫差所驻扎的地方必有园林，所歇的地方必有妃嫔。出门一天，什么都要齐备，玩好要跟着走的，珍奇的东西是要索求的，专讲娱乐，把人民看作仇人，还要天天换样子来指使他们。他自己就要败了，还能败我吗？"

【原文】

……越灭吴。请使吴王居甬东，辞曰："孤老矣，焉能事君？"乃缢。越人以归。哀公二十二年（公元前四七三年）

【译文】

……越国灭了吴国，提议请吴王迁到甬东去住，他不肯，说："我老了，不能侍奉你了。"结果自缢而死。越军就把他的尸体带走了。

说 明

在吴楚之争告一段落以后，越国又起来与吴国争霸。始而越打败吴，继而吴打败越，越几乎亡国。由于吴王夫差贪图享受，而越王勾践发挥"卧薪尝胆"的精神，终于在二十年之后，由五千残兵重新建立了一个强国。第三次越再次打败吴，吴国从此就不再出现于历史舞台了。伍子胥预料越国的复仇，和楚子西预料夫差之必亡，都是富有意义的。

附录
《春秋左氏传》答问

民国元年，薄游蜀都，承乏国学院事，兼主国学学校讲习。诸生六十人，人习一经，习《春秋左氏传》者计十有一人。讲授之余，课以札记，有以疑义相质者，亦援据汉师遗说，随方晓答，璧山郑君刘生兰粗事纂录，辑为一编，计二十有七条，名曰《〈春秋左氏传〉答问》云。

萧定国问：昭八年，葬陈哀公，贾、服以葬哀公之文，在杀孔奂下，以为楚葬。然传称，袁克杀马毁玉以葬，楚人欲杀之，知非楚葬甚明。若果楚葬，经当书楚人葬陈哀公，如齐葬纪伯姬例，不得直云葬也。但杜以为，鲁往会，故书，理亦未安。如杜说，克以璧入私葬，鲁何由知之，而往会之？孔疏曲为说曰，诸侯之卒，告卒不告葬，但葬有常期，知卒，即往会之。然按诸当日情事，亦又不合。是时，陈畏楚讨不一日，安知陈必不暇备葬礼，鲁亦必不往会葬？及楚灭陈，鲁又焉往会之？且陈侯四月卒，十月始葬，已过常期，又是私葬，谓鲁往会，大非情事。孔子书之，当别有意与？

答：庄经葬伯姬，上无齐侯灭纪文，故称齐葬，昭经既书楚灭陈，此蒙彼言自系楚葬。至楚欲杀克，直以杀马毁玉，服引，一说谓杀马毁玉，不欲使楚得。非以私葬哀公，不得据此谓非楚葬也，克于葬哀公时另以马玉殉。当从汉说。

萧定国问：贾氏曰，盟载详者日月备，易者日月略。杜驳之云，清丘之盟，恤病讨贰也，溴梁之盟，同讨不庭也，辞无详易。而溴梁书日，清丘不书日，详易之别，殊无其证。按葵丘、践土、亳城诸盟，传详，盟载经，皆书日，贾氏之说，奚得无证？而清丘、溴梁，又与贾谊乖，疑别有说。

答：春秋之例，会弗书日，盟则或书或否。然书日五十三，传志载词详者，仅四则，载书详易弗得，仅以见传为凭。且传录载词，亦匪全文，如葵丘载词，传仅三言，互详《榖梁》《孟子》是也。则溴梁载词，必匪"同讨不庭"一语，杜以见传之词为据，诋訾旧例，未足信也。观桓三年"齐卫胥命"传云不盟，经仅书时，则日月益密，盟载益详，贾氏之说援是以推。实则经善胥命，_{《荀子》春秋善胥命。}传刺屡盟，载词緟增，陨诚浇质，此日冠盟，亦濒刺例也。

萧定国问：僖三十三年十二月，陨霜不杀草，李、梅实。贾氏云，月者为公薨，不忧陨霜，李、梅实也。杜驳之曰，然则假设不忧，即不得书月，则无缘知霜不杀草之月。所驳甚当。今按僖三年正义引《榖梁传》云云，言僖有忧民之志，故再时一书，文无忧民之志，是以历时总书。则贾氏不忧之说，亦非无据，当从何解？

答：不忧陨霜，_{不此《释例》刊本之讹。}乃衍文，或系及讹。先师之例，以为忧灾则日月益详，弗忧，则略。贾以陨霜不杀草系月，则为忧灾甚明。故杜以假设不忧即不书月相诘也。惟杜氏所驳殊属未允，何则？经书雨雹，无冰及水、旱、虫、灾，恒不系月，杜云不得书月，无缘知霜不杀草之月然则无冰，书时奚缘知无冰之月乎？盖杜以霜不杀草系月，旨主标时，无关义例，不知忧灾之忧基于忧民，经文之旨，以优民弗忧民宪臧否。僖以忧民昭美文，以弗忧民示讥。_{僖传详志臧孙语及饥而不害事。}僖公既薨，仍以霜不杀草系月者，所以著僖公终始忧民，是犹桓十八年书王为终始治桓也。贾氏微旨，杜实未窥。

萧定国问：杜说《左氏》，以五十凡为解经通例。按五十凡中亦有专详典制，如临庙诸条，或弗隶经，复有与经文无涉者，如凡启塞从时是也。是左氏发凡不仅为解经甚明。又母弟二凡同在一条，遂附为大衍之数其用四十有九之说。考五十凡中，或有同说一事者，如隐元、僖二十三、文十四，三凡是。或有文义出入详略互见者，如书取言易也不用师徒曰取是。岂实有四十九之用耶？不知汉师所解，同异若何？

答：汉师之例，凡与不凡，弗区新旧。今以本传证之，天子无出，传不言凡，自周无出，传则言凡。如二君。故曰克传不言凡，得俊曰克传则言凡，二例实符，安得区属周孔？又同盟，赴名不与会，不书之属，亦同例再见，互有略详。是知凡与不凡同为经例。其先诠书法，继复阐论，或综括偶类之例者，大抵表凡为区，志礼亦然。舍斯则否，故杜以书凡属礼经。汉师概以书凡为传例，既为传例，则不凡之例与书凡同，不必拘五十凡四十九凡之数也。

萧定国问：公孙敖出奔。贾云，日者，以罪废命，大讨也。鄢陵战书晦，泓战书朔，贾以为讥。据贾说，则是日月愈详贬讥愈甚。援此以推，则经文书入日月益详者，疑亦主师之国厥恶益深。然宣经丁亥，楚子入陈，传云，书有礼。然则日月详者厥恶果深耶？贬讥果甚耶？

答：灭入之例，以日月详略寓褒贬，与战例同。其说是也。惟书日示贬，弗限主师之国。泓战书朔，贾云讥宋襄，据经书宋及，是宋为主师之国也。鄢陵书晦，贾云讥楚子，据经书晋及，是楚非主师之国也。援斯以推，则入陈书日，罪陈弗罪楚。知者，传有书有礼之文，又有讨有罪诸文，《史记》志孔子读史，以楚庄复陈为贤。经书楚子亦无贬词，则公、穀贬楚之说不可援以说本传。是知灭入书日，所贬弗同，或属受师之国。试就入例言之，隐经入郕书日，传有违王命之文。入许书日，传有许无刑之文。僖经入杞书日，传有责无礼之文。入曹书日，传有数曹罪之文。文经入蔡书日，传有蔡不与盟经例责蔡从楚。之文。是入者无罪，所入之国有罪者，亦以书日为恒。传均发例，如本传特云楚有礼，则书入非贬楚。又于入郕各传发例，则书日非贬郑、晋、鲁。是犹庚申莒溃，经惟罪莒，癸卯灭潞，经不罪晋也。

向华国问：杞为王后爵，例称公，初入《春秋》，经书曰侯，桓公以后子、伯无定。杜氏《集解》厥有二说，伯为时王所黜，子则圣人贬之。案北杏会同王命，郳子淳于国小，经称州公策命锡珪，典礼尚颁于列国，请隧献捷，名器不假于诸侯。以是观之，周德虽衰，黜陟未废，杞之黜爵，毋乃是乎？又案，孔子立素王之法，《春秋》严夷夏之防，诸侯不德，狄之，或以国举外邦，有善进之，得以爵书。杞虽姻娅大邦，神明世胄，徒以僻陋在夷，自外中国，是故《春秋》黜之，非其本封然也。传曰，杞，夷也。又曰，用夷礼，故曰子。盖明仲尼新意，不用国史旧文。然则进退之例，传有明征，杜之后说亦是也。或谓，杞本封侯，与陈侯等，史称东楼公，度与传胡公亦类，疑当然也。厥后用伯礼，则以伯书，用子、男礼，则以子书，以贡赋定名号，未知是否。所可疑者，杞于盟会，常以伯见，其有大夫，经仅书人，周礼典命，按之未合。又许为子、男，犹在曹上，杞为侯伯，常殿诸侯，以先代言，当次宋陈；以爵命言，不亚郑曹；即以异姓小国为言，杞为鲁国姻戚，晋平外家，亦不当下许、莒、邾、薛也。经旨安在，愿闻其详。

答：《五经异义》引古左氏说，周家封夏殷二王之后以为上公，《周书》，王会亦有夏公殷公文，是杞与宋同，虽左氏先师不废时王黜陟说。服虔以州公为春秋前进爵，贾以邾会北杏时已得王命。然二王之后，不贬黜似为今古文所同，郑氏《诗谱》亦有此说。则经殊杞爵，必为《春秋》新例。据桓二年，杞侯来朝，传云不敬，又云入杞讨不敬。僖二十三年，杞子卒，传释之云，书曰，子杞，夷也。二十七年，杞子来朝，传云，用夷礼，故曰子，又云公卑杞，杞不恭，又云入杞责无礼。二传词旨约符，弗敬，不恭，谊复靡二。盖杞本上公，书侯、书子，均因违礼。杞既违礼，故全经悉从卑杞之词。即于桓二年示例，会盟征伐，杞殿诸侯，亦由于斯。是犹崔杼华阅伐秦因惰不书，北宫括伐秦因摄特书也。率礼与否，视乎敬怠，《春秋》贵敬贱怠，故杞君绌爵，与因惰不书同。其以书伯为恒词者，伯介侯、子之间，亦非杞君本爵也。盖杞本二王后，非《春秋》莫能昭贬绌。孔子言，夏礼，杞不足征，即左氏绌杞之旨。杞君不敬，即背违礼典之征故。杞用夷礼，传言，杞即东夷。《春秋》因其用夷礼，故从蛮夷君称，两书杞子。何休《膏肓》驳左氏云，杞子卒，岂当用夷礼死乎？不知绌杞之谊，公左所同，惟彼传，用以明《三统》，左氏专即违礼立词，其以杞爵为上公，则固师说弗异。用夷礼者从夷爵，何说滞迂。杜以称伯为时王所绌，侯为本爵，谬之甚矣。

向华国问：公子庆父为庄公母弟，次庄公，字为仲。传称仲庆父，共仲以字为氏，故经书其后为仲或仲孙，是其明证也。传一称孟氏，刘炫以为，书仲从其自称之辞，称孟从其时人之语。《春秋》之例，皆传言实而经顺其意。楚公子弃疾弑君取国，改名为居，经书楚子居，是从其自称也。然弃疾因篡弑更名，经书二名示讥，与此例未合。杜以庆父为庄公庶兄，孔谓或得称孟。其证未确，宣孟、赵孟，非庶子，孟不得为庶明矣。仲、孟并称，经传异词，其别有义例乎？

答：郑注《论语》云，庆父辀经《礼记》疏误称。死，时人为之讳，故云孟氏。其说似确。盖杜预以前，无庆父为兄之说，庆父为庄公母弟，应称仲氏，讳仲称孟，因以为氏。《春秋》据实改，书不从讳词，故他籍佥云孟氏。《春秋》独著仲孙，其经传异词者，所以明孟为时称，仲则《春秋》所改也。未修《春秋》，亦书孟孙。哀二年传云，志父无罪，服虔以赵鞅既叛复归，改名志父，《春秋》仍旧，犹名赵鞅，见释文。与仲孙之例正同，经弗书赵志父，犹之弗书孟孙也。

向华国问：僖传，卿不会公侯。《春秋》叙公及大夫会盟，以此为例，弗用旧史，或没公不书，如及齐高溪、及晋处父诸盟，不称公，不使卿得敌公也。或贬卿称人，如狄泉、邢丘，以及襄廿六年澶渊诸会，没卿名称人，贬卿所以尊公也。此皆仲尼新意，所以辨等列，明贵贱也。然僖二十五年，公会卫子莒庆，盟于洮，例以赵武会公，莒庆亦应书人。澶渊之会，良霄以不失所进之不贬，兹莒庆以再命见经，尤为殊例，岂以其释怨修好进而殊之与？求之同例，未得其证。又成二年，公会楚公子婴齐于蜀，例以处父之盟，亦应没公不书。杜以蔡许君为说，不知蔡许失位贬爵称人，且会未尝叙蔡许，与公奚涉？私揣嘉楚来会，亦进而殊之，但无例可证，敢并质之。

答：卿不会公侯，可会伯、子、男，斯例惟严于齐晋。故高溪、处父之盟，没公弗书。传发赵武不书专例，盖霸国之卿，齐霸襄于桓公后。当时制拟诸侯，故《春秋》别嫌明微，特以齐、晋示例，不使彼卿得会公、侯，齐、晋而外，卿亦不得会公、侯。然齐、晋既然，他国可知。故《春秋》不复示例，此莒庆、宁速所由见经也。楚虽侯、伯，然与齐、晋有殊，故特于婴齐之会示进楚。

向华国问：襄经，吴子使札来聘。传曰，其出聘也，通嗣君也，与三十年楚子使薳罢来聘传文正同。故贾、服皆以为夷末新即位使来通聘，盖以传有同例也。然馀祭之死与使札同时，无论吴不书葬不得援，既葬，书爵命，使为例，即在丧观乐，反讥人听乐，亦非贤者所能出也。故杜以札为馀祭，所使札以六月到鲁，未闻丧。其说不为无见，然说经者弗以为然，岂以杜氏说与传违，论事或是，说例则非耶。

答：传有通嗣君明文，即文传所云，凡君即位，卿出并聘也。则季札自系夷末所使，盖夷末嗣立，匪继父位，且承弑君之后，准以左氏例，则朝庙以后即可书爵，与君居父丧既葬称爵者弗同。且馀祭之弑，传系六月以前，季札来聘，经系六月城杞后，尤为夷末使札之征。杜创曲说，殊未足从，且杜以札聘齐、卫在夷末即位后，则嗣君属夷末，杜亦无词立异也。

向华国问：定经，公会诸侯于夹谷。贾逵云，不书盟，讳以三百乘从齐师。杜氏《释例》、孔氏《正义》力驳之，当从何说？

答：《国语·鲁语》云，诸侯有卿无军帅，教卫以赞元侯，自伯、子、男，有大夫无卿，帅赋以从诸侯。此定制也。成、襄以后，晋、楚狭主齐盟，均为霸主，齐虽列伯，实仅退长一州；故襄公以降鲁不朝齐。昭公两书如齐事在出奔后，齐亦弗以诸侯待之，与常朝不同。今以三百乘从齐师，是即伯、子、男帅赋从诸侯之制也。《国语》"诸侯"即本传"侯牧"。盖齐为大国，鲁则退从子、男之贡，故《春秋》讳其盟。杜、孔以为未足讳，斯直未明当时之制耳。哀十年，邾赋吴六百乘。哀十三年传，若为子、男，则将半邾。盖伯、子、男之于州牧，例以三百乘从。

皮应熊问：刘、贾诸儒以为三命书经，杜征南则云再命。案，昭十二年传曰，季悼子之卒也，叔孙昭子以再命为卿，杜注曰，传言叔孙见命，在平子前。平子伐莒更受三命，杜注曰，平子伐莒功受三命，昭子未伐莒，亦例受三命。且下有三命，逾父兄，非礼之文，故《释例》据此为说曰，鲁之叔孙父兄再命，俱书于经，以驳三命书经之非。孔疏亦知文王世子朝于公内之法，未必昭子先人无有受三命者，特杜谓平子伐莒后以功受三命，则伐莒时未受三命，已名见于经，是杜据此为再命书经之铁案。若谓再命不见经，则此传当舍杜而别有说解，不然，断断争辩，何以正之？

答：三命，书经三命，系据周制。《周官·典命》，侯、伯、卿三命。鲁为侯国，叔孙为鲁卿，衡以《周官》爵命，本与三命相命当，不必以实受三命为据也。杜诘旧例，说多缘附，今以《周官》爵命准之，厥疑自释。

皮应熊问：定十年经，宋公之弟辰暨仲佗、石彄出奔陈。杜注曰，宋公宠向魋，辰虚请自忿，将大臣出奔，称弟示首恶。孔疏曰，如辰非首恶，当如昭二十二年书宋华亥、向宁、华定出奔楚，不须暨字以间之。十一年书宋公之弟辰及仲佗、石彄、公子地自陈入于萧以叛，杜注曰，称弟，例在前年。前年者，盖谓十年称弟为首恶也。案，推寻十年、十一年传意，则辰于十年未奔前，处骨肉之地，实有委曲求全之心，及请而弗纳，不迫而出奔，非初意也。暨仲佗云云者，亲暨疏也，及仲佗云云，以尊及卑也。本传直叙其实，非必以辰为首恶。且隐元年，郑伯克段于鄢，传例曰段不弟，故不言弟，又曰称郑伯，讥失教也。则此书宋公，又书其弟恶之，所在必有攸归，其书入于萧以叛，非责辰也。传曰宠向魋，故甚宋公也。杜子《释例》既曰弟兄各有曲直，称弟以兄罪，独于此称弟者谓弟为首恶，非徒自相矛盾，且于经旨传例不合，似不可从。

答：杜注此条，间与古谊相符。文九年，晋人杀其大夫士縠及箕郑父。疏引贾逵云，箕郑称及，非首谋，援是以推，则经书及暨明属，以辰为首谋。据传文，辰速地行，又言吾以国人出，则出奔之谋明与佗、彄靡涉。惟推绎此条，古注当以书及书暨示辰罪，不以书弟示辰罪。盖经书宋公弟某，所以罪宋公，<small>与秦鍼出奔罪秦伯同例。</small>复书辰暨辰及，所以咎辰。杜云称弟示首恶，语亦未当。

皮应熊问：文九年二月，叔孙得臣如京师，辛丑葬襄王，杜与古说俱以天子之丧，君不亲行，上卿往，为得礼。郑驳之，谓郑游吉云，灵王之丧，我先大夫印段实往，敝邑之少卿王吏不讨，恤所无也。以为诸侯亲行之证。说左氏者自违其例，二者不同，当从何说？

答：《荀子·礼论》云，天子之丧，动四海属诸侯，此文释同轨毕至。似同轨毕至，本兼诸侯奔丧言，故《尚书·顾命》亦有诸侯奔丧礼。左氏家以为君弗亲行者，则以四海诸侯不当同时并弃封守，故以使上卿为得礼。按之情势，自以不亲行为允。郑君《驳异义》肤引游吉之言，不知传云敝邑少卿，则非上卿甚明。盖君行师从，仁守义行，上卿守国，故以少卿会葬，此据上卿莅事言，非谓简公在国，必当亲往也。郑谓左氏自违其例，似未足从。

皮应熊问：昭八年经，秋蒐于红。刘、贾、许、颖云，不言大者，公大失权在三家也。十一年，经书大蒐于比蒲，又书大者，谓大众尽在三家。杜谓此直关史文之阙略，仲尼从而略之。刘、贾、许、颖随文造意，非例而以为例，不复知其自违。案八年传，称革车千乘而经不书大，自有深旨，以为仲尼直从时史阙略，自是杜氏注经误解。圣人修经，必不若是苟也。第汉师所云，亦当有解说，方足以塞多口耳。

答：经文书蒐，不于舍中军之前，必于舍中军之后。昭五年传言，四分公室，皆尽征之，则众在三家甚明。众在三家，经始书蒐，始于蒐红，继以比蒲、昌闲，比蒲定十四年三役。蒐红为书蒐之始，独不书大，大为表示人众之词，则鲁君失众甚明。经不书大，而比蒲三役书大，则大蒐弗属鲁君甚明。十一年传云，君有大丧，国不废蒐。又曰，国不恤丧，不忌君也。此即蒐弗属君之确证。又《周官经》蒐狩同礼，《春秋》书狩系公，书蒐不系公，亦其征也。

先儒之说，按传立词，与情势符。杜云其例自违，殊无实证，要之，经详传省，先儒均以示例，如新作延厩、经仅书蒐是也。今蒐及大蒐，经传异文，奚得谓非经例？

皮应熊问：襄十六年戊寅，大夫盟。贾、服以为诸侯失权。杜注以为间无异事，与鸡泽之会不同，故不必重序。其说孰确？

答：贾、服之说讨原二传，以经证之，鸡泽而外，救徐盟宋亦冠诸侯，溴梁独否，此为臣弗系君之例。庄九年传曰，公及齐大夫盟于蔇，齐无君也。<small>春秋之例，臣必系君，故如会来盟必书君使，惟屈完来盟不书君使，服虔取自来为说，谓若屈完足以自专，无假君命，不为楚子所使，与此互昭。</small>贾、服之说与彼默符。经书大夫盟，<small>如系贱者，当书齐人。</small>盖从自盟为文，谓大夫无假君命。证以本传，则溴梁之盟明属荀偃所使，大夫擅权，传有确征，是则仅书大夫，所以示大夫之擅，不系诸侯，所以示诸侯之弱。凡本传旨同二传者，二传仅明书法本传，兼诠实事此传是也。推之他事，其例多符，杜云间无异事，然僖十五年，次匡救徐，文亦相属，何大夫亦系诸侯乎？孔疏谓盟由君使，显背传文，与杜同讹。

皮应熊问：定五年夏，归粟于蔡。杜曰，鲁归之。贾氏取公、穀为说，谓诸侯归之。本传云，以周亟，矜无资故。孔疏谓，与诸侯靡涉也。贾君取二传为说，未审何意？

答：贾以弗书所会为后会例，由城楚丘传文推绎，僖二年经，城楚丘，传言，诸侯城楚丘封卫，不书所会，后也。盖彼以鲁人后期，经从独城之文，此以鲁人后期，经从独归之文，二例正符。《公羊》谓虽至不可得而序。<small>亦谓至不同时，惟弗以后至媾属鲁。</small>传云以周亟矜无资，综论恤邻之谊，弗必媾属鲁邦，亦犹戍陈，戍虎牢弗系诸侯，亦非鲁所独戍也。孔云不及诸侯，殊无明证。

皮应熊问：隐八年传，郑公子忽如齐逆女，先配后祖，陈缄子讥其非礼。贾逵以礼三月庙见然后配为说。孔谓昏礼亲迎之夜，衽席相连。又引禹娶涂山四日即去而生启，力辟其谬。至郑众以配为同牢而食，先配后祖，无敬神之心。郑玄以祖为軷道之祭，孔斥二家均云说滞。杜注谓逆妇必先祖庙而行，故楚公子围称，告庄共之庙。孔亦谓公子围告庙者，专权自由非正，且告庙或系郑忽，或系郑伯为忽告之，孔游移其说，皆不能定，何以正之？

答： 贾、服谓三月庙见乃始成昏，谓大夫以上昏礼。《礼经》于亲迎之夕即言，御衽于奥者则为士礼。据《曾子问》及《公羊》何注，均有三月庙见之词，惟成昏必待庙见，未著明文，左氏先师则以大夫以上其成昏必待庙见，故何氏仅云三月致女，服氏直以致女为成昏。今考《列女传·宋伯姬传》，云三月庙见，当行夫妇之道。此即服氏以致女为成昏所本。又考《齐孟姬传》云，三月庙见，而后行夫妇之道。即指成昏，是成昏后于庙见，古有明文。郑忽先配后祖，谓先成昏而后庙见也。贾、服之说至为昭确。孔疏本后郑《驳异义》说，以士礼贬大夫。以《考工记》证之，则天子聘女与诸侯不同，天子诸侯均与士礼纳征仅用皮币者有别，则昏礼所行之制，缘位而区。经言下达，郑谓媒氏通言，非谓天子迄庶人无异制也。所引禹娶涂山，与史迁师说弗合。史言辛壬娶涂山，癸甲生启，弗作四日即去解。二郑之说均逊服、贾。杜以告庙为说，在孔疏已疑其非，特例不破注，强为之词，此固无足辨也。

皮应熊问： 隐元年传，吊生不及哀。杜注曰，既葬，则衰麻除，无哭位，谅阴终丧。孔疏云，既葬除丧，唯有此说。杜预传，太始十年，元皇后崩，既葬，疑皇太子应除服否，诏卢钦、杜预论之，预以为既葬除丧。孔复引此以证之。预之言曰，昭十二年传，齐侯、卫侯、郑伯如晋，晋侯享之。子产相郑伯，请免丧而后听命，晋侯许之，礼也。下传曰，葬郑简公，此即终免丧之言也。昭十五年传称，穆后崩，王既葬除丧，叔向曰，三年之丧，虽贵遂服，礼也。王虽不终宴乐以早讥景王，不讥其除服，仅讥其宴乐，此皆古制既葬除服之证。窃以为，子产请免丧，传未明言免丧在何时，春秋之例，诸侯卒，葬以书策为恒，安能以葬简公为免丧期耶？且叔向讥曰，三年之丧，虽贵遂服，礼也。则不遂服为非礼，岂待过问？杜以为不讥除服，抑又何说？又凶庐为之梁闇，见《尚书·大传》，杜曰："谅阴，信默也。"郑以为凶庐。郑玄之言杜所不取，凡礼所言皆不与杜合，杜皆以礼为后人所作，均不可用，证以古谊，实所未安。然不如此，义与吊生不及哀传文不合，宜以何解为得？

答：传云及哀似以卒哭为限。卒哭、除丧，本系二事，传谓卒哭以后弗当行吊生之礼，非谓卒哭即除丧也。《左传》先师若贾、服之属，均无既葬除丧说。<small>解谅阴为默信，始于马融，书传具详，《通典》所引，近人谓本伪孔传亦非。</small>杜说之非，近人辨之详矣。焦循、丁晏攻杜尤力。

皮应熊问：《春秋》诸侯书卒者，除鲁外，见于经者十八国，曰晋、齐、宋、卫、郑、陈、蔡、楚、秦、吴、曹、莒、邾、滕、薛、杞、许、宿。传例曰，诸侯同盟，死则赴以名，礼也。赴以名，则亦书之。然庄十六年经，书幽之盟，有滑伯，成三年，蜀之盟，则有鄫人，至若燕纪、顿胡、小邾盟，亦见经，然经文皆不书卒，如谓国小、则宿男与滑伯例固不能驾而上之，而宿男书卒，此数国不一见，岂皆未赴耶？抑别有义例耶？

答：远国非侯牧不书卒葬，以本传之说考之，昭十三年传，岁聘以志业，间朝以讲礼，再朝而会以示威。再会而盟，《异义》引左氏说，十二年之间，八聘、四朝、再会、一盟。<small>许君以为周礼。以《大行人》准之，盖三年一朝，为男服制度，传举男服示例。</small>贾逵、服虔皆云朝天子之法。隐元年，孔疏引左氏旧说云，十二年三考黜陟，幽明既分，天子展义巡守，柴望既毕，诸侯既朝，退相与盟，同好恶、奖王室。以上均旧说。以《大行人》说准之，天子十二年一巡狩，盖巡狩东岳，则东方诸侯毕会，朝罢相盟。西、北、南三方亦然。此即本传再会而盟说也。春秋约周礼，故所宗盟礼，一为伯率侯牧见王之盟，此即《周礼》殷见曰同，谓六服诸侯朝王，既毕，王复为坛，合诸侯。《周礼》旧说均谓四方诸侯毕集，然诸侯至众，必无同时弃封守之理，据左氏说，则王合诸侯，至者为牧伯，故各牧伯得同盟，足补《周官》说之缺。一为方岳之盟。杜注同盟毕至云，同在方岳之盟，袭用古说。故同盟书卒，惟以二者为限。晋、楚、齐、秦、吴、宋、陈、蔡、郑、卫十国书卒，均侯伯、侯牧也。曹、莒、邾、滕、薛、杞、许、宿书卒，均为近国。纪亦近国，因灭不书。今以四岳统九州，则青、兖及豫州东境，同属一方，曹、莒诸邦既为东方诸侯，其于鲁国则均方岳同盟，故《春秋》备书其卒。燕南燕滑、顿胡非鲁方岳同盟，故鲁虽与盟，经以弗符礼制削卒不书。小邾及鄟，其国尤小，班列薛、杞二国，下与附庸同。鲁请属鄟，传有明文。附庸之制，弗能自达于天子，则方岳之盟亦弗预列。方岳之盟由于朝王。故鄟及小邾，卒亦弗书。宿卒不名，传弗发例，则为未同盟甚明。隐元年，盟宿，据《左传》说，谓鲁、宋盟宿都，与《公羊》地主与盟说异。盖旧史之例，无论同盟与否，君卒必书，经则惟以同盟为限，凡同盟而卒不名者，均不以同盟之礼与之者也。以滑拟宿，于例弗符。

唐棣秾问： 桓公十一年九月，宋人执郑祭仲。《公羊》贤其知权，以为祭氏仲字，嘉之故不名。《穀梁》以为仲名。据例，名不若字，名贬之。又例，执大夫有罪，例时。如庄十七年，书春齐人执郑詹是。无罪例月，如成十六年，书九月晋人执季孙行父，舍之于苕丘是。今以无罪例月推之，意若未安。又左氏以宋人诱而执之，杜注，非会，非聘，而以行应命。经不书行人罪之也，例如襄十七年秋七月，楚人执郑行人良霄，十八年夏，晋人执卫行人石买，定六年秋，晋人执卫行人乐祁犁。经书行人，均讥执人者，非示贬于被执者也。然则祭仲实名可知，书九月变例可知，不书行人罪之可知。盖背君行权，闭君臣之道，启篡弑之路。以视鲁叔孙婼始终不渝，经书晋人执我行人叔孙婼，褒贬自有在耳。惟《公羊》之说是否不足信，校之《左氏》，异同焉在？

答：经书伯、仲、叔、季，均非名也。桓五年，疏云，《公羊》以仲为字，《左氏》先儒亦以为字，又引《释例》云说左氏者更云，郑人嘉之以字，告先儒之说，盖由蔡季经传递推，经书蔡季，传言蔡嘉，与此条经例实同。桓卒，季归同于无臣，经从蔡人之嘉，书蔡季，则祭仲行权反经，经转书字，字为郑人嘉仲之词，昭然甚明。《左氏》《公羊》均以祭仲为字，行权之事，亦为左氏家所采，惟《公羊》以行权反经为贤，书字亦为经例，左氏家以行权为背道，并以书字为郑志耳。《春秋》褒贬，变例实蕃、经所诛赏或殊时论，贬褒寓传，书法从时，所以明祭仲、蔡季非经所嘉也。佹诡词以俟反隅，存时说以昭俗失，纪季华孙并符斯例。杜预以仲为名，又桓五年传，祭仲足，杜以仲名足，字不知。古籍名字兼书，俱引字冠名，如季友、叔肸、伯纠是也。引名冠字，未之或闻。至仲为行人与否，传无明文。杜据诱执之文，妄以不书行人标例，_{刘炫以仲非行人。}亦未可从。至于书月、书时，以行父见执相衡，彼为刺晋宥鲁之词，_{约贾氏说。}则执仲系月，亦从执非其罪之词，与嘉仲之谊互昭。经书执大夫系月，惟仲及行父仲几，几执于晋，因中薛谗，与晋人侨如之谗执行父，例亦略符。又良霄、石买、干徵、师均书行人，既书行人，则执非其罪，其谊已昭，故弗系月。

唐棣秾问：僖元年，夫人氏之丧至自齐。杜以不称姜为阙文，盖以书薨谥姜，今不氏姜，夫哀姜淫乱致杀二子，几亡鲁国。鲁以臣子义，不得讨，齐桓杀之，所以明桓以义灭亲，能除鲁患，故不绝齐氏姜也。然哀姜既适鲁，则鲁为政，父母不得擅生杀，今不书姜，外齐之杀女也。而曰阙文，其意何在？

答：鲁之小君，例书夫人某氏，有姑则系妇，例书夫人妇某氏。变例有三。一为夫人孙于齐，<small>庄元年。</small>传云，不称姜氏，绝不为亲；一为夫人氏之丧至自齐，贾逵以文姜杀夫罪重，故去姜氏，哀姜杀子罪轻，故但贬姜；一为宣元年遂以夫人妇姜至自齐。<small>文经，逆妇姜同。</small>服虔以不称氏为略贱。此三文者，均以变文示例，哀姜去姓，乃经文贬词，杜云文阙，谬莫甚焉。

唐棣秾问：隐十一年，书滕侯、薛侯来朝。桓二年，则书滕子均之朝鲁，其爵异书。杜氏以书子为时王所黜，是以滕为侯爵也。后儒于此亦以滕为侯爵，惟黜滕为子，有疑衰周不能黜陟者，或云孔子所黜，或云自贬，然说均未确。是宜以杜氏为据欤？

答：杞以用夷礼称子，邾以慕贤说让称字，<small>贾、服说。</small>则滕、薛称侯亦繇朝隐，乃《春秋》变例也。嗣后滕均称子，明系正爵。

魏继仁问：《左传》一书传世久矣，先儒司马迁《史记》及杜预《集解》均以为左丘明作是也。然窃有疑者。《春秋》三传，《公羊》《穀梁》皆以复姓名之，惟左丘明一传则单以左命名，考司马迁《史记·十二诸侯年表序》有云，左丘明惧弟子各安其意失其真，而成《左氏春秋》，据此，则左其氏，丘明其名，以左名传，宜也，何以又云："左丘失明，厥有国语。"迁生西汉，世代离春秋时不远，乃一则曰左氏，再则曰左丘，并未明言其称左与左丘之故，或者以左命名相沿已久，不能更正耶？又或者以丘为夫子讳而避之耶？抑作《国语》者别有一姓左名丘者其人耶？

答：《左传》《国语》确非两人所作，左丘亦非复姓，丘其姓，左其官，说详俞正燮《癸巳类稿》。又《礼·玉藻》云，动则左史书之，言则右史书之。<small>《汉书·艺文志》、郑君《六艺论》左右互讹。</small>动为《春秋》，言为《尚书》。据《大戴礼记·盛德篇》卢注，以为左史即太史，又据《汉志》自注及《论语》孔注，均云丘明，鲁太史。是丘明即左史.厥证甚昭，故所作之传标题左氏。此谊俞所未言，聊补于此。

李燮问：齐侯葬纪伯姬，不书谥者，谥为臣子尊君父之称。纪既不祀，谁为加谥？礼，诸侯凡抚有人国，其山川土地在其地者，亦当与祀，则齐之葬伯姬，亦诸侯礼所应耳。杜驳贾、许诸侯礼说，贾、许之旨果安在耶？

答：《释例》驳贾、许云，不书谥者，亡国之妇，夫妻皆降，莫与之谥。而贾、许方以诸侯礼说，又失之也。贾、许之说，近儒咸未诠明，今细绎杜例之文，知贾、许所诠，仅以不书谥为说，盖经于小君均书谥，惟纪伯姬独否，贾、许之谊，盖以无谥为侯邦正礼，知者，继室以声子，服注云，声子之谥也。<small>声子为继室，当时夫人虽制谥，仍不当有谥，今既有谥，是以当小君之礼待之也，兼与左氏说娣弗升嫡其制背违。</small>服注之说与贾、许同，盖传有妇人无刑之文，既已无刑，奚得有爵？无爵则无谥，<small>《公羊》二说，以夫人不当有谥，云夫人有谥。</small>故以蒙夫谥为得礼。<small>共姬是也。</small>今纪侯无谥，复无夫谥可蒙，自以无谥为得礼。杜云贾、许以诸侯礼说，谓以诸侯礼说小君无谥也。杜于妇人有谥亦云非礼，惟贾、许之谊，盖以经书伯姬兼明小君无谥之礼，杜直以为无义例，斯其所以异也。

李茵问：庄十二年经，书宋万弑其君捷，及其大夫仇牧。不书华督之死。杜云，宋不以告。文十六年，书宋人弑其君杵臼，不书荡意诸之殉，杜亦云，不告。窃谓本传之文。于荡意诸死之下即云，书曰宋人弑其君杵臼，君无道也，可知经之笔削，裁自圣心，非悉从告也。意诸之不书，或夫子削之。杜云不告，不可通矣。矧宋捷之弑告，仇牧而不告，有若是歧乎？则督之不书，或亦夫子削之耳。然观僖五年传文，晋侯使以杀太子申生之故来告，经书之五年春以示从告，则夫子所书不可云不从告也。特例有万殊，不可执一，则宋督、意诸之不书，厥旨安在？

答：据赴者，孔经之例也，非必赴告悉书，如京师告饥，传详经婚，斯其明征。春秋之时，臣殉君弑者众矣，经以孔父三臣昭例，余均从略。如宁喜弑剽及子角，经仅书剽。服虔云，杀太子角不书，举重者。援是以推，知督及意诸不书，先儒亦即笔削立说，弗以宋不告鲁为文。盖督弑殇公，传发无君之说，若书杀督，则以殉君之美相归。<small>弑君之贼不再见。</small>又意诸奔鲁，经不书归，服以施而不德为说，则意诸之名，自无再见经文之理。故二臣之死，经均弗书，非复详其事于传者所以明。史有经无，均出宣尼所削也。杜说悉非。

李茵问：成十年传云，晋侯有疾，晋立太子州蒲以为君而会诸侯伐郑。经书晋侯。杜云，见其生代父位，失人子之礼。其说颇未安。僖二十八年，践土之盟，传云，卫侯使元咺奉叔武以受盟。经书卫子。杜云，从未成君之称。可知杜贬州蒲以叔武之例推也。不知叔武州蒲各自有别，晋立太子州蒲为君，实践君位，非同叔武之摄，称爵奚嫌？矧传于州蒲无贬文，杜注之说似失经旨。请质所疑。

答：桓四年，天王使宰渠伯纠来聘，传云，父在故名。桓五年，天王使仍叔之子来聘，传云，弱也。孔疏云，《膏肓》：何休以为左氏宰渠伯纠父在故名，仍叔之子何以不名？又仍叔之子，以为父在称子，伯纠父在，何以不称子？郑箴之曰，仍叔之子者，讥其幼弱，故略言子，不名之。至于伯纠，能堪聘事，私觌，又不失子道，故名且字也。又桓九年，曹伯使其世子射姑来朝。孔疏云，何休《膏肓》以为，人子安处父位，尤非衰世救失之宜，于义左氏为短。郑箴（之）云，必如所言，父有老耄、罢病，孰当理其政、预王事也？据何、郑说，是公羊师说以生代父位为讥，左氏则否。晋立太子州蒲为君，经书晋侯，以伯纠不书子例之，彼非贬例，则此亦非贬例矣。迥与叔武弗同。杜云生代父位失人子之礼，乃潜袭《公羊》为说，施之左氏，实弗可通。《荀子·正论篇》，天子无老，诸侯有老，知父老子代与侯国之礼符。

华翯问：薨卒旧例，赠吊厚者日月详，蒲则从略。公子益师卒，公不与小敛，故不书日。定十五年秋七月壬申，姒氏卒。传曰，不称夫人，不赴也。此既不赴，何赠吊之云厚而详日月？又庄三十二年冬十月戊辰，公子牙卒，昭二十五年叔孙婼卒，二十九年叔诣卒，或公有疾，或公在外，皆详日月。《释例》曰其或公疾、在外，皆公不与小敛而书日者。君子不责人以不备。姒氏之卒亦同之欤？

答：经有从例之条。许男卒师，经不书地，谓若卒于国也，晋伐鲜虞，晋非夷狄，谓行与狄同也。大夫之丧，不与小敛不书日，不与大敛不书卒，此为正例。叔牙、叔孙婼、叔诣亦书卒者，推亲亲之谊，俾从预敛之例也。朴云不责人以不备，立说似浅。姒氏书日，亦从赠吊厚为例，所谓缘人子之义也。

华翯问：颖氏云，鲁十二公，国史尽书即位，孔子修之，乃有不书。杜说，隐实不即位，史无由得书即位，若实即位，则为无让，若实有让，史无缘虚书。案，传云不书即位，摄也。则隐所摄何也？杜又云，天子定之，诸侯正之，国人君之。则虽曰摄位，固不异即位，史乌乎虚？窃以孔子不书，所以恶桓之篡，示隐之让。至传之云摄，亦以明隐之心。未知当否？

答：传云隐公立而奉之，据先郑说，则立与位同，《春秋古经》位作立。谓隐摄位。盖诸侯即位，古为巨典，即位与否，以践阼为断。周公摄位，记有践阼之文，《荀子》作履籍。则摄政之君亦必践阼。是犹守令抵治，必升堂接印，实任之官固然，即署理之官亦然。隐既践阼，即为修即位之礼，既修即位之礼，史必直书。传云不书即位者，谓史书即位而《春秋》不书耳，非谓不修即位之礼，史弗书册也。如杜说，则周公践阼而治亦为无让。摄即摄位，既已摄位，焉得云实不即位乎？

华翯问：《春秋》会盟多有不书。黑壤之盟不书，传曰讳。夹谷之盟不书，贾亦曰讳。吴三盟不书，《释例》曰，行其夷礼。至于盟于邓、盟于荦、盟于戚，不书，杜则谓不告庙。夫前所不书，传文皆发其故，于此独否，其故安在。

答：殊会之例，惟施于吴，《春秋》进吴后于楚、秦，故吴不书盟，亦与行夷礼靡涉。经例外吴，故三与吴盟，经仅书会盟。戚之役，吴人亦与，因亦削盟弗书。传举会吴为释，所以揭经弗书盟之故也。盟荦之役，主于救郑，而救郑之师弗书于经，则是谋而弗行也。经为中国讳，因亦削盟不书。传举谋救郑为释，亦主阐经。盟邓之役，传云为师期，下言羽父先会齐、郑，则出师之期不与盟符。经为内讳，因不书盟。以上三端，审绎传文，均各示例，且与讳例相表里。杜谓盟弗告庙，直臆说耳。

杨斌问：凡物不为灾不书，螟、螽、蜮、蜚，书者，灾也。唯蜮与蜚上冠有字，《公羊》说有者不宜有也。夫蜮、蜚不宜有，螟、螽其同科也，乃经文不书有无，亦文有详略欤？

答：左氏旧说，有为弗宜有之词，与《公羊》同，故《说文》据以诂有字。蜮、蜚、螽、螟，为灾虽同，然螽、螟之有为恒，故弗书有。蜚不食谷，顾或食谷为灾，_{蜚即负蠜}。蜮非盛暑不生，顾或滋生北土，以螽、螟较之，则一为恒有一为仅有也。故从不宜有之例，书之曰有，有者，书所无也。

鄢焕章问：宣公四年传云，凡弑君、称君，君无道也；称臣，臣之罪也。然则弑逆之事，除内大恶应讳外，无论君罪、臣罪，凡有其事，经必历历书之，以著大变而惧贼臣。然考襄七年郑公子驷弑其君髡顽，而经云郑伯髡顽如会，未见诸侯，丙戌卒于鄵。昭元年楚公子围弑其君麇，而经云冬十有一月己酉楚子麇卒。哀十年齐人弑其君阳生，而经云戊戌齐侯阳生卒。又昭八年陈侯自缢，出于公子招之乱，而经云夏四月辛丑陈侯溺卒。是四事者，传言弑而经不言弑，岂诚如杜氏所云据赴告之文乎？抑亦别有深意矣？

答：传于四事，均有"赴"字。郑伯之弑，传云以疟疾赴诸侯；楚子之弑，传云使赴于郑；陈侯之缢，传云赴于楚；齐侯之弑，传云赴于师。此即经据赴告之征。惟据"赴"亦为经例，非出时史，何则？《春秋》修礼期于赴告，植恒型，赴弗以诚，则虚书惩过。传详天王崩，问崩日，以甲寅告是也。君弑书卒，援赴以书，亦为惩过。传记郑、楚、陈、齐四事，兼志赴邻，所以明经弗书弑为从赴也。杜以史官承赴书策，不以赴告为经例，误之甚矣。_{杜以从赴出史官，弗知从赴出孔子。}

鄢焕章问：《春秋》书自迁者凡四国，邢一迁夷仪，卫一迁帝丘，蔡一迁州来，惟许竟四迁，皆见经。至于晋迁新田，楚迁都郢，迁绎，经皆不书。以为事小不足书耶？则经于许何其不惮烦也，以为未赴告耶？传固有行父如晋贺迁之明文也，经削弗书，其意何居？

答：《春秋》之例，自迁弗书，经所书迁，均逼于外势者也。许四书迁，三由楚命，_{容城弗见传。}蔡迁，迫于吴，邢、卫之迁，皆迫于狄。《公羊传》云，迁者何？其意也。迁之者何？非其意也。左氏先师盖亦取斯为说。_{观许迁于夷，孔疏可见，左氏有去国之谊说，详《异义》。}经书自迁，似从去国谊。虽其详莫得闻，然《春秋》所书，均属非意之迁。春秋于非意之迁，概从自迁为文，_{传于僖迁夷仪，特著诸侯迁邢之文，于许蔡之迁，特著吴、楚强迁之文，经并不书。}不与诸侯专迁国，且不与狄及吴、楚得志也。

鄢焕章问：《春秋》之例，诸侯遭丧，称爵与否，以葬为断，未葬称子。故僖九年经书公会齐侯宋子。传曰，未葬而襄公会诸侯，故曰子。又书晋里克杀其君之子奚齐，传曰，未葬也。既葬称爵。故成四年夏经书葬郑襄公，冬，经书郑伯伐许是也。然僖二十五年秋，葬卫文公，冬，经书公会卫子莒庆，是已葬而仍称子也。成三年春王正月，经书公会晋侯、宋公、卫侯、曹伯伐郑。后书葬卫穆公、宋文公，是未葬而亦书爵也。斯是二者，必有说以解之，然后前例始可通也。

答：后二条均为变例。成三年经书宋公、卫侯，与桓十三年经书卫侯，贾、服注，均讥不称子。僖二十五年经书卫子，服氏以为明弗失子道。本传师说所解甚昭。盖诸侯书子谊主系父以葬为断。正例则然。卫子盟洮，传云修文公之好，经善继志，故先君已葬仍从系父之称，若未葬，书爵即为不系父之词，子不系父，讥不子也。传虽无说，然审谛经文书法，必属贬词。故贾、服以为讥。杜云卫子降名，谬妄之甚。书子不书子均为经例，不以自称为据也。

马玺滋问：僖十九年冬经书会陈人、蔡人、楚人、郑人盟于齐。注，地于齐，齐亦与盟而未书齐，孔疏谓地于齐而齐不序，诸盟会以国都，而地主不列于序。案，本年六月，宋公、曹人、邾人盟于曹南。此曹南即曹都，而曹为地主，亦序于列，其他则齐为地主，不序于列，不足信矣。或以为不言齐者，不以齐与楚盟，尊伯也，夫因与楚盟不书，何二十一年又书宋人、齐人、楚人盟于鹿上？此亦与楚盟也，而又言齐，何故？窃疑此役齐未与盟，虽地为齐地，因宋襄暴虐，陈穆公请修好于诸侯，以无忘齐桓之德，盟于齐，借齐地以思齐桓也，未识当否。

答：经书盟于齐，齐为齐都，与鲁、宋盟宿，蔡、郑会邓同例，与地主预盟无涉。杜用《公羊》与古注不合。使如杜说，则僖二十七年、宣十五年楚两围宋，鲁、楚两会于宋，时宋、楚未平，宋国焉得预会盟？

马玺滋问：僖二十五年经书卫侯燬灭邢。传曰同姓也，故名。注：恶其亲亲相灭，故称名罪之。五年，书晋人执虞公。虞亦晋之同姓，不言晋侯名，或谓晋修虞祀，归其职贡于王，故不以灭同姓为讥。按《曲礼》曰，诸侯不生名，灭同姓名，据此则晋侯虽修虞祀，归职贡于王，亦末事耳，而于亲亲相灭，以卫侯燬灭邢比之，其罪同也。经于晋不书名，其旨安在？

答：传有罪虞明文，故晋侯不名。《国策·魏策》云，故《春秋》书之，以罪虞公。即此经古说。

马玺滋问：僖经三十三年冬十月，公如齐；十有二月，公至自齐；下文书乙巳公薨于小寝。是僖公由齐十二月归后薨也。杜以乙巳是十一月十二日，谓经十一月为误。其说安在？

答：据《三统历》推之，乙巳确为十二月十三日，惟文元年二月癸亥，刘歆以为正月朔，《五行志》。以《三统历》推之，其说良然。盖是年时历较《三统》差一月，《三统》正月于时历为二月，则《三统》十二月于时历为正月，《三统》十一月于时历为十二月，时历十二月确无乙巳，杜以十二为十一之误，似未尽非。

马玺滋问：文经二年冬，公子遂如齐纳币。《左传》曰，礼也。注谓，僖公丧终此年十一月。案，僖以三十三年十二月书薨，至此年十二月，甫及二年，何得云丧毕？丧既未毕而行昏礼，左氏云礼，其故安在？

答：三年之丧，二十五月而毕。左氏说丧期，兼以闰计，文元年闰三月，传有明文，由僖三十三年十二月下隶文二年十一月，适盈二十五月。故传以纳币为礼。

马玺滋问：昭七年暨齐平，燕与齐平也。定十年及齐平，十一月及郑平，鲁与平也。诸言平者，皆举国言平，并未书人。宣十五年夏五月，宋及楚平，而云宋人、楚人，何故？疏云，史异词。然史又何以于此独异？《穀梁传》曰，人者，众辞也。平称众，上下欲之也。然则彼不称人者，岂仅国君欲平而臣下不欲平乎？按，大夫及士，经皆称人，疑此称人，非国平，实大夫平。未识当否。

答：此条先师有说，本疏引贾氏云，称人，众词，善其与众同欲，说本《穀梁》，以卫人立晋、宋人杀大夫传例证之，其说是也。平区称国、称人二例，与杀君同，君恶及朝称国，恶及国人称人。援是以推，则二国结成，谋出于朝称国，谋出于众则称人？经嘉宋、楚之平，故从与众同欲之词，以昭襃例。今以称人属大夫，然子反、华元均系命卿，非再命大夫，必从《公羊》贬大夫从人说，谊始克通。然《公羊》之例，弗必援以说，本传先师既据《穀梁》立说，可率遵也。

编后记

　　古书今译在现代的需求愈来愈广泛而且迫切了。

　　不仅由于直接阅读古书不能不借助于翻译的方法，而且由于学术的进步，传统的注释有必须加以改造、扩充的地方。从前的注释，或偏重训诂，或偏重义理，缺少全面的综合比勘的功夫。我们所需要的，既不专限于字义的解释，也不满足于望文生义的臆测。因此，所谓注释必须是根据科学方法，罗列证据，做出结论。同时对于这部书的整个问题还需要展开详尽的讨论。总而言之，现在对于古书的研究，要严肃彻底，要负责交代，不能采取古人所谓"优游而自得之"的态度了。

　　注释的整理与扩充是翻译的第一步。没有经过这一步艰巨的工作，翻译是不能做好的。姑且专就翻译而论，谨严固然是最重要的原则，可是所谓谨严绝不是一字一字地死译，有的时候，为补足语气，符合现代语法，是不能不在形式上有所变动的。不过不能滥添枝叶。这是一方面。从另一方面说，必须使读者感觉到译文的生动流畅，如果读者感觉译文还是晦涩难懂，纵使谨严得无可非难，那也失去了翻译的效用。

　　对读者而言，译文实在是最重要的部分，如果译文能够达到生动流畅的境界，而又能将深奥的古书表达得层次分明、条理清楚，读者就可以节省很多不必要的烦劳，而获得阅读古书的益处。

从上述的观点来看，这部书，因为第一步的工作还做得不够，这种翻译也只能说"不得已而思其次"了。虽然滥添枝叶的弊病是没有的，可是拘泥于原文，有些地方不能明白晓畅，这的确是一个缺点。编者在全稿完成后自己检查，觉得还有很多可以再改进的地方。

另外还有一点应该声明，就是本书的分量问题。选编时原打算定出二十个单元，谁知篇幅过大，不是这部书所能容纳的，于是缩减到一半。这又是不得已而为之。虽然在这个小册中也可以对《左传》的面貌有一概略的认识，但到底嫌不充分。